낭만적 인간과
순수지속

조PD 조중훈

낭만적 인간과
순수지속

초판 1쇄 인쇄 | 2017년 11월 22일
초판 1쇄 발행 | 2017년 11월 29일

지은이 | 조중훈

펴낸이 | 이연대

주간 | 김하나
편집 | 이연대 서재준
디자인 | 이주미

제작 | 허설
지원 | 홍석현 김세민 유지혜
고문 | 손현우

펴낸곳 | ㈜스리체어스
출판등록 | 2014년 6월 25일 제300 2014 81호

주소 | 서울시 종로구 평창30길 15 2층
전화 | 02 396 6266
팩스 | 070 8627 6266
이메일 | contact@threechairs.kr
홈페이지 | www.threechairs.kr

ISBN | 979 11 86984 23 9

낭만적 인간과
순수지속

조PD 조중훈

THREECHAIRS COMPANY

순간의 지속

프랑스 철학자 베르그송(Henri Bergson, 1859~1941)은 '공간화를 모면한 참된 시간의 존재 방식'을 '순수지속(純粹持續)'이라 명했다. 철학과 사유의 폭이 좁고 얕은 나로서는 그의 사상을 온전히 이해할 수 없지만, 허술한 지식에 약간의 경험을 보태 나름의 해석을 내려 보려 한다.

요약하자면, 어제는 없다. 분과 초는 실재하지 않는다. 분절된 시간은 인간이 만든 관념이자 규격화된 삶의 지침이다. 인간은 하루를 24시간, 한 달을 30일, 1년을 365일로 나누면서 과거와 현재, 미래라는 개념을 창안했다. 단순하고 명료한 사고를 사랑하는 인류는 눈에 보이지 않고 손에 잡히지 않는 시간을 수량화하고 계측하기 편리하게 만들었다. 시간을 지배하면서 — 엄밀히 말하자면 지배한다고 착각하면서 — 생산성과 보편성을 얻었지만 대가는 컸다. 나와 나를 둘러싼 세상의 왜곡이었다.

베르그송은 기억의 역원뿔 모형을 제시했다. 원뿔의 꼭짓점은 현재의 지각이고, 평평한 부분으로 올라갈수록 오래된 기억이 자리한다. 몸이 외부 세계를 지각하면 원뿔 밑바닥에

고인 기억이 피어올라 지각과 뒤섞인다. 현재의 지각과 과거의 기억은 풍선처럼 수축, 이완하면서 서로에게 영향을 끼친다. 예컨대 똑같은 불꽃놀이를 봐도 저마다 다른 기억을 불러와 다르게 지각한다. 헤어진 연인을 떠올리는 사람이 있는가 하면, 부산 광안리 앞바다를 추억하는 사람도 있다. 더러는 영화 〈퐁네프의 연인들〉의 한 장면을 회상할지 모른다.

베르그송의 뒤집어진 원뿔을 보면서 나는 내가 보낸 시간의 총합이라는 생각이 들었다. 20년 전의 나와 오늘의 나는 다르다거나, 어제의 나와 오늘의 나는 같다는 말은 성립하지 않는다. 20년 전의 나, 어제의 나, 오늘의 나는 모두 내 안에서 나를 이룬다.

언뜻 복잡해 보이지만 종유석을 떠올리면 간단히 이해되는 문제다. 우리는 동굴 천장에 매달린 광물의 뾰족한 부분만을 따로 떼어 종유석이라 부르지 않는다. 수십만 년 전에 흘러내린 물방울 하나까지, 그러니까 원추형의 두툼한 밑동까지 종유석이라 지칭한다. 음악도 그러하다. 청각 기관은 음표 단위로 분절된 소리 자극을 순서대로 감지하지만 앞선 음과의 조화, 지속이 곡의 전체 분위기를 결정한다. 우리는 지속하는 동시에 변화한다. 단 한 번도 같은 적이 없었던 우리는, 매 순간 스스로를 갱신하는 존재다.

2집 앨범 수록곡 중에 이런 가사가 있다.

"오늘이 다 가기도 전에 내일 할 일 생각에 볼 일 하나 볼 엄두도 없는 건 참 별일이란 말이야. 이랴 이랴 말 몰고 쫓듯 세월을 보내니 말이야. (…중략…) 순간이 모인 거란다, 인생이란."

돌아보면 나는 늘 지금을 살았다. 미래를 크게 염려하지 않았고 과거에 연연하지 않았다. 삶이라는 미완의 교향곡에 음표 하나를 찍는 마음으로 순간에 전력했다. 꽤 낭만적인 삶이었다. 나라고 거창한 삶의 목표가 없을까만 오늘이 모여 생을 이룸을 잊지 않으려 애썼다. 운이 좋다면 훗날 내가 찍은 점들을 이었을 때 그럴듯한 곡이 하나 나올지도 모른다. 계통 없는 음조의 집합이 나타나도 슬퍼할 일은 아니다. 바라지 않았기에 애석할 까닭이 없다.

지난겨울부터 올가을까지 계절이 몇 번 바뀌도록 원고를 만졌다. 유년 시절과 데뷔 에피소드, 사업 이야기 같은 자전적 내용을 일부 실었지만, 행적을 기록하기 위함이 아니라 주제를 드러내기 위한 도구였기에 자서전과는 거리가 멀다. 그렇다고 소소한 일상을 담은 에세이라기엔 주워들은 얘기에다 편협한 생각을 버무린 논평 형식의 글도 많다. 때로는 인터뷰이가 되었고 난생처음 인터뷰어가 되기도 했다. 일상에서 찍은 사진도 담았다. 종합하자면 이 책은 나의 삶과 음악, 내가 경험한 사람과 사건이라는 종유석의 종단면이다.

베르그송이 말한 '생의 약동'에 의한 '창조적 진화'가 지금 이 순간에도 우리 내면에서 일어나고 있음을 나는 믿는다. 독자 여러분이 날마다 약동하는 삶을 사는 데 나의 글이 작은 보탬이 되기를 소망한다. 음악처럼 종유석처럼, 순간의 지속이 모여 삶이 된다.

2017년 겨울
조중훈

1장

직관은 이성보다 합리적이다

매직 모멘트

매직 모멘트는 예고 없이 찾아온다.
평범한 일상 속에서 아주 잠깐, 드물게 신세계가 펼쳐지면
몇 분 안에 쭉 써나가야 한다. 운전을 한다거나
시끄러운 장소에 있어서 단숨에 기록하지 못하면
까먹기 십상이다.

1971년 8월 31일 동그란 안경을 쓴 영국 남자가 일본인 아내와 함께 미국 뉴욕에 도착했다. 당시 미국은 베트남 전쟁의 수렁에서 헤어나지 못하고 있었다. 9월 9일 남자는 반전과 평화의 메시지를 담은 솔로 앨범을 발표한다. 피아노 반주와 시적인 노랫말이 조화로운 타이틀곡은 상공에서 탄생했다. 뉴욕 힐튼 호텔에 머문 뒤 비행기를 타고 가다가 문득 떠오른 시상을 호텔 메모지에 기록한 것이다. 첫 줄은 이렇다.

"Imagine there's no heaven."

존 레논의 〈이매진(Imagine)〉이다. 역대 최고의 팝송 리스트를 선정할 때마다 어김없이 최상위권에 오르는 명곡이다. 존 레논은 단숨에 써 내려간 가사를 한 자도 고치지 않고 그대로 발표했다.

나는 직관의 힘을 믿는다. 직관의 사전적 정의는 '감각, 경험, 연상, 판단, 추리 따위의 사유 작용을 거치지 않고 대상을 직접적으로 파악하는 작용'이다. 바꿔 말하면 직관은 발현되지 않은 재능과 축적된 경험, 숙련된 기량이 같은 시간, 같은 장소에서 만났을 때 발생하는 화학 작용이다. 고대 그리스의 수학자 아르키메데스는 지렛대의 원리를 이용하면 지구도 들어 올릴 수 있다고 장담했다. 직관은 지렛대와 같다. 수많은 정보와 지식, 주변의 조언과 간섭 속에서 오직 본질에만 집중해 문제 해결의 단서를 제공한다. 논리와 이성, 0과 1로 이루어진 데이터에는 없는 경이로운 힘이다.

음악을 하는 사람들은 직관의 힘을 빌리곤 한다. 기발한 착상은 의외로 평범한 일상에서 탄생한다. 맨날 쓰던 단어나 익숙한 멜로디에서 영감을 얻기도 하고, 신시사이저(여러 가지 음색을 만들어 내는 전자 악기)에서 흘러나오는 낯선 음색이 영감으로 발전하기도 한다. 탁자나 벽을 두드리는 소리, 의자를 끄는 소리, 자동차 타이어가 터지는 파열음에서 곡이 탄생하는 경우도 있다. 내가 1999년에 발표한 〈피버(Fever)〉라는 곡은 삑삑거리는 단음이 나오다가 멜로디가 이어진다. 소리를 변환할 수 있는 '바이러스'라는 악기를 만지다가 우연히 삑삑 소리를 들었는데, 그 순간 곡의 콘셉트와 분위기, 심지어 멜로디까지 한꺼번에 떠올랐다.

인순이 선배와 함께 부른 〈친구여〉도 한 시간 만에 완성한 곡이다. 2003년 친구들과 부산 여행을 다녀오자마자 작업실로 직행해 바로 작업했다. 가사에 '여기 추억과 바닷바람, 그리고 너무나 사랑하는 사람들이 있네. 인생에 뭐가 더 있나. 돈, 명예, 미래 따위야말로 영원할 순 없소'라는 대목이 나오는데, 오랜 친구들과 함께한 부산 여행의 감상이 고스란히 녹아 있다.

나는 이런 순간을 '매직 모멘트(magic moment)'라고 부른다. 말 그대로 마법 같은 순간이다. 고민하고 궁리해서 아이디어를 짜내는 것이 아니라 마치 하늘에서 내려 주는 계시를 받아 적는 느낌이다. 매직 모멘트는 예고 없이 찾아온다. 평범한 일상 속에서 아주 잠깐, 드물게 신세계가 펼쳐지면 몇 분 안에 쭉 써나가야 한다. 운전을 한다거나 시끄러운 장소에 있어서 단숨에 기록하지 못하면 까먹기 십상이다.

국내외 다른 아티스트의 작업 방식도 크게 다르지 않다. 공전의 히트를 기록한 명곡은 대개 찰나의 영감에 의해 삽시에 탄생했다. 오아시스의 〈토크 투나잇(Talk Tonight)〉은 갤러거 형제가 다툰 뒤 형 노엘 갤러거가 밤사이 만든 노래고, 시카고의 〈저스트 유 앤 미(Just you 'N' me)〉는 제임스 팬코우가 약혼녀와

19

언쟁을 벌이고 나서 연주한 즉흥곡이다. 조용필 선배가 부른 〈창밖의 여자〉도 작곡에 10분이 채 걸리지 않았다.

음악을 하는 사람의 성패는 하늘에서 불현듯 떨어지는 영감을 어떻게 포착해 내느냐에 달려 있다. 수첩을 가지고 다니거나 핸드폰 메모 앱에 기록하는 습관도 나쁘지 않지만 작업실에 죽치고 있는 방법이 제일이다. 아이디어가 떠오르면 바로 녹음기를 켜고 건반을 치고 랩도 해본다. 즉흥적인 발상에 몸을 맡기면 곡이 금방 뽑힌다. 요즘은 예전만큼 음악 작업을 많이 하지 않지만, 한창 활동할 때는 바깥에 나가는 일을 되도록 삼갔다. 밖에 나가 있는 동안 뭔가를 놓치거나 흘리고 올까 봐 두려웠다. 샐러리맨처럼 작업실로 출퇴근했고, 깨어 있는 시간에는 작업실을 떠나지 않았다. 놀아도 작업실에서 놀았다. 번뜩이는 생각이 언제 찾아올지 몰라 항상 장비 곁에서 시간을 보냈다.

그렇다고 작업실에 틀어박혀 가만히 계시만 기다리는 건 아니다. 영감이 떠오르기 적합한 환경을 만들어야 한다. 20대 초반에는 작업실에 들어가면 우선 집중을 방해하는 요소부터 전부 제거했다. 핸드폰을 멀리 치우고 유선 전화기의 코드를 뽑았다. 그러고 나서 창작욕을 불러일으킬 만한 것들을 닥치는 대로 감상했다. 좋아하는 뮤지션의 음악을 듣거나 뮤직비디오를 보고, 음악과 상관없는 다큐멘터리를 봤다. 예컨대 〈내셔널 지오그래픽〉 채널을 틀고 동물의 세계를 관찰하는 식이다. 톰슨가젤을 뒤쫓는 치타, 치타가 잡은 먹이를 노리는 하이에나 무리를 보다 보면 먹이 사슬과 약육강식이 머릿속에 떠오르고, 자연히 우리 사회의 피라미드 구조로 생각이 옮겨 간다. 〈피버〉 가사 중 '순간이 모인 거란다. 인생이란'이라는 대목은 빅뱅을 다룬 우주 다큐멘터리에서 착안했다.

물론 정반대의 작업 스타일을 가진 뮤지션도 많다. 감성적인 음악으로 유명한 동료 가수가 있다. 심지어 외모마저 감성적이다. 그러나 그 친구는 음악을 수학처럼 다룬다. 듣는 사람에게 어떤 감정을 자아낼지 계획하고 음 하나하나를 선택한다. 전형적인 발라드 작법에 충실해 곡마다 완성도가 높지만 시대를 초월하는 명곡에는 이르지 못한다. 수십 년이 지나도 잊히지 않는 명곡이 되려면 의도적인 음표 외에 무언가가 필요하다. 철저히 계산해서 기술적으로 완벽한 음악을 내놓는 뮤지션 역시 처음 이름을 알릴 때는 영감에 의존해 곡을 만들었다. 성공한 뒤 인기를 유지하기 위해 고민하다 보니 비교적 안전한, 계산된 음악을 하게 되는 것이다.

미래 전망과 오랜 경험

기막힌 발상이 있어도 붓을 쥘 줄 모른다면
그림을 그릴 수 없다. 수만 번의 붓질이 선행되어야
비로소 붓이 몸의 일부가 되고,
찰나의 영감을 붓질에 담을 수 있다.
음악도 마찬가지다.

직관은 발작처럼 예고 없이 다가오지만 최소한의 인과 관계는 존재한다. 한마디로 아무 때나 아무에게나 오는 것은 아니다. 복권에 당첨되려면 먼저 복권을 구입해야 하듯 직관은 두 가지 조건에 부합할 때 이따금 찾아와 마법을 부린다.

첫째, 확고한 미래 전망이 있어야 한다. 하버드 대학의 에드워드 밴필드 교수는 '시간 전망(Time Perspective)'이라는 개념을 제시하면서 성공한 사람일수록 장기적인 시간 전망을 가지고 있다고 주장했다. 아침 운동 대신 늦잠을 택하는 사람은 건강한 육체라는 1년 후의 보상보다 당장 오늘의 단잠을 귀하게 여긴다. 반면 영국 역사가 에드워드 기번 같은 사람은 장장 20년에 걸쳐《로마 제국 쇠망사》를 집필한다. 단기적인 희생이 장기적인 목표 달성에 도움이 된다는 믿음이 있었기에 가능한 일이었다.

에드워드 기번만큼은 결코 아니지만 나의 20대 초반은 스스로에게 퍽 가혹한 시기였다. 수도승처럼 일상을 제어하고 작업실 안에 나를 가두었다. 일주일에 한두 번 식사하러 나가는 정도가 외출의 전부였다. 나머지 시간은 언제든 건반을 두드릴 수 있는 환경 안에 머물렀다. 직관을 이용하고 컨트롤하기 위한 의식적인 행동이었다.

20년 전 나는 수년 내에 힙합의 시대가 올 것이라 확신했다. 내 딴에는 여기저기 다니면서 수요 조사도 했고 시장 조사까지 마쳤다. 1997년 한국 음반 가게에서 신보가 흘러나오고 랩 여덟 마디가 지나가면 점원이나 음악을 잘 아는 손님은 전부 이런 반응을 보였다.

"이제 멜로디 나올 차례네."

한국 가요의 공식이었다. 한편 미국 음악 시장은 하루가 다르게 바뀌고 있었다. 이전까지는 팝이나 R&B, 록 음악이 주류였는데, 투팍(2Pac · 1990년대 미국 서부를 대표하는 래퍼)이 급부상하면서 주도권이 힙합으로 넘어오고 있었다. 몇 년 후 한국 음악 시장의 판세가 훤히 내다보이니까 조급할 수밖에 없었다. 내가 잠깐 머뭇하는 사이 다른 뮤지션이 먼저 새로운 음악을 들고 나올 것만 같았다. 내게 주어진 시간은 2~3년 정도라고 생각했다. 시간이 한정되어 있으니 잠시도 허투루 쓸 수 없었다.

1990년대 후반 한국 가요는 대부분 100BPM(beats per minute ·

음악의 속도를 숫자로 표시한 것으로 수가 클수록 빠르다)이었다. 훨씬 빠르거나 느린 곡들이 나오기 전에 분당 70이나 140대의 비트를 가진 곡을 발표해야 했다. 가사와 곡의 구성 역시 다채롭게 펼치고 싶었다. 그래야 나중에 새로운 세상이 열렸을 때 내 곡이 교본처럼 쓰일 수 있다고 믿었다. 어쩌면 맹신에 가까운 이런 생각들이 내 일상을 통제하는 강력한 근거가 되었다. 통제된 일상 속에서 간혹 직관이 찾아들면 나는 그저 받아 적을 뿐이었다.

둘째, 오랜 기간의 경험이 필요하다. 순간의 기록을 운이라고만 할 수는 없다. 화가의 붓질에 담긴 물감의 두께와 거칠기는 분명 순간의 기록이지만, 순간을 완벽하게 기록하려면 숙련된 기량이 있어야 한다. 기막힌 발상이 있어도 붓을 쥘 줄 모른다면 그림을 그릴 수 없다. 수만 번의 붓질이 선행되어야 비로소 붓이 몸의 일부가 되고, 찰나의 영감을 붓질에 담을 수 있다. 음악도 마찬가지다. 반복된 훈련으로 몸에 익은 발성과 톤, 기교가 뒷받침되어야 순간적인 기록이 가능해진다. 숙련된 기량과 찰나의 영감이 결합할 때 관객에게 새로운 차원의 뭔가를 보여 줄 수 있다.

경험은 직관을 담는 그릇이다. 살다 보면 내가 전혀 모르는 분야인데도 그럴싸한 생각이 떠오를 때가 있다. 예를 들어 채식주의자라도 어떤 특이한 콘셉트의 고깃집을 차리면 장사가 잘될 것 같다는 생각은 할 수 있다. 그러나 평소 외식 산업에 관심이 없었다면, 고기 맛을 모른다면 아무리 아이디어가 좋아도 망할 가능성이 높다. 나에게는 악기를 다루고 악보를 그리는 역량이 영감을 담는 그릇이다. 애플 컴퓨터를 만든 스티브 워즈니악에게는 컴퓨터 프로그래밍 언어라는 그릇이 있었다. 성공한 사람들을 살펴보면 다들 하나씩 훌륭한 그릇을 가지고 있다. 스티브 잡스는 그릇이 세 개였다. 첫째가 공학, 둘째가 인문학, 셋째가 음악이었다. 스티브 잡스는 비틀즈와 밥 딜런을 좋아했는데, 공교롭게도 그 둘은 직관으로 음악을 만드는 대표적인 뮤지션이다.

성공의 비법은 간단하다. 실패하는 확률을 낮추고 성공하는 확률을 높이면 된다. 성공 확률을 올리려면 여러 가지 경우의 수에 대입해 봐야 한다. 경우의 수를 늘리려면 그만큼 많이 알아야 한다. 결국 경험만큼 귀한 성공 요건은 없다. SM엔터테인먼트를 설립한 이수만 회장은 직관적으로 사업을 일으키고 새로운 비즈니스 모델을 선보였다. 지금은 엔터테인먼트 업계의 선구자로 불리지만 이수만 회장 역시 곧바로 성공하지는 못했다. 수많은 시행착오를 거치면서 해야 할 일과 하지 말아야 할 일을 알게 되었고, 마침내 H.O.T.를 탄생시켰다. 앞선 실패의 경험이 없었다면 H.O.T.도 없었을 것이다.

사람을 보는 눈, 직관

한 가지 관점만 가지고 사람을 평가하면
나중에 한 가지 무기밖에 없는 셈이 돼요.
대상에 따라, 상황에 따라
평가 기준이 그때그때 달라야 해요.
논리보다는 느낌이 중요해요.

편집부 직관의 중요성을 강조하셨는데, 직관의 힘이 가장 크게 작용하는 영역은 사람을 평가할 때가 아닌가 싶습니다. 국내외를 막론하고 연예계에는 캐스팅에 얽힌 비화가 상당히 많지요.

조중훈 맞아요. 캐스팅은 예기치 않은 곳에서 이뤄져요. 영화나 드라마에서 인기를 얻은 배역이 원래는 다른 사람이었다거나, 제작사 중역이 반대해서 중도 하차할 뻔했다는 얘기가 많죠. 그리고 보면 사람을 평가할 때는 논리보다 느낌이 중요한 것 같아요. 직관의 영역이죠.

편집부 대표적으로 어떤 예가 있을까요?

조중훈 저는 영화〈대부〉를 무척 좋아해요. 지금까지 스무 번도 넘게 봤을 거예요.〈대부〉에도 캐스팅 뒷이야기가 있어요. 1편을 제작할 때만 해도 무명이던 알 파치노는 연기가 밋밋하고 외모가 별로라는 이유로 캐스팅에 반대한 제작진이 많았어요. 촬영을 시작하고 나서도 중도 하차시키는 방안이 논의되었다고 해요. 영화사 간부들이 알 파치노 대신 로버트 레드포드를 밀었다는데, 프란시스 포드 코폴라 감독이 고집을 부리는 바람에 세기의 걸작으로 꼽히는〈대부〉가 탄생한 거죠.

편집부 알 파치노가 없는 〈대부〉는 상상할 수도 없습니다.

조중훈 그뿐이 아니에요. 비토 콜레오네 역을 맡았던 말론 브란도 역시 전작들에서 흥행에 실패하고 이런저런 사고를 자주 쳐서 영화사에서 기피하던 배우였어요. 로버트 드니로는 아예 오디션에서 떨어져 1편에는 출연하지도 못했죠. 배우들의 잠재력을 발견한 감독의 안목, 영화사 중역들을 설득한 감독의 뒷심이 없었다면 〈대부〉는 고만고만한 작품에 그쳤을지 몰라요.

편집부 반대되는 경우는 없을까요? 인재를 못 보고 지나쳐서 훗날 크게 후회한 사례도 있을 것 같습니다.

조중훈 역사적인 실수가 하나 있죠. 데카(DECCA)라는 세계적인 클래식 음반 레이블이 있어요. 1962년에 두 팀의 밴드를 상대로 오디션을 개최하고 '브라이언 풀 앤 더 트레멜로스(brian poole and the tremeloes)'라는 밴드와 음반 계약을 맺었어요. 오디션에서 떨어진 팀이 바로 비틀즈였어요. 떨어트린 이유도 재밌어요. 비틀즈가 리버풀의 밴드라서 런던의 밴드였던 트레멜로스보다 접근성이 떨어진다는 이유였죠. 오디션에서 탈락하고 1년이 지나기도 전에 전 세계가 비틀즈의 팬이 되었으니 정말 세기의 실수죠.

편집부 제작자로도 활동하셨는데 신인을 평가할 때 어떤 면을 중점적으로 보시죠?

조중훈 말 그대로 직관이에요. 제작자마다 안목이나 성향이 조금씩 다를 텐데, 저는 한쪽에만 집중하지 않아요. 사람마다 특출한 부분이 다르니까요. 한 가지 관점만 가지고 사람을 평가하면 나중에 한 가지 무기밖에 없는 셈이 돼요. 대상에 따라, 상황에 따라 평가 기준이 그때그때 달라야 해요.

편집부 상황을 고려해서 평가한다고 해도 대략의 평가 기준은 있을 텐데요. 외모에 가장 큰 점수를 준다거나……

조중훈 저는 확장성을 염두에 둬요. 예컨대 속사포처럼 랩을 하는 신인이 있다고 쳐요. 빠른 랩을 좋아하는 사람들이 있으니까 그런 스타일이 큰 무기가 될 수 있겠지만, 다양하게 시도할 수 있는 가능성이 있는지가 더 중요한 것 같아요. 음악만 그런 건 아니에요. 영화계도 비슷하죠. 배우의 외모가 개성이 너무 강하면 몇 가지 배역밖에 소화하지 못해요. 어떤 배역도 맡을 수 있는 도화지 같은 외모가 가장 좋아요. 트렌드와 시대

흐름이 바뀌어도 거기에 맞춰서 계속 변화할 수 있으니까요.

편집부 이정현, 싸이, 도끼, 라디, 블락비, 탑독 등 많은 가수를 발굴하셨습니다. 어떤 점에서 끌리셨던 건가요?

조중훈 예전에는 데모 테이프라고 해서 카세트테이프에 데모 곡을 담아서 보냈어요. 이정현 씨도 데모를 받고 픽업했는데, 상업적으로 크게 성공했죠. 한국에서도 그랬지만 중국에서 특히 인기였어요. 끼와 열정이 정말 대단했어요. 한번은 부산에 사는 열세 살짜리가 카세트테이프를 종이에 둘둘 말아서 소포로 보내왔어요. 테이프 안에 자기소개가 담겨 있었는데, 초등학교 6학년 나이에 벌써 직업적인 열정을 갖고 있더라고요. 음악적인 평가를 떠나서 적극적인 자세가 인상 깊었어요. 그래서 서울에서 한번 보자고 했어요. 그 친구가 도끼예요. 그러고 나서 1년쯤 우리 사무실에서 지냈어요. 벌써 15년 전이네요.

편집부 그런데 도끼는 다른 곳에서 데뷔를 하고 유명해졌죠.

조중훈 제작자 입장에서는 저와 있었던 1~2년 안에 잘됐으면 좋았겠지만 그런 경우가 흔하지는 않아요. 원석을 알아보고 발굴하는 것도 중요하지만 발탁된 이후 어떤 과정을 거치는

지가 더 중요해요. 도끼가 유명해진 건 최근 몇 년 사이예요. 처음 서울에 올라와서 10년이 넘는 세월 동안 얼마나 많은 사연이 있었겠어요. 그 기간 동안 여러모로 단련이 되었기 때문에 성공할 수 있었다고 생각해요.

편집부 아쉬운 마음은 없으신가요? 제일 먼저 진가를 알아봤지만 다른 회사에 빼앗긴 셈인데.

조중훈 어차피 사람은 특정한 개인의 소유가 아니잖아요. 본인의 재능은 본인의 것이죠. 음악 비즈니스는 마음먹은 대로 돌아가지만은 않아요. 다른 산업과는 달리 사람이 핵심인 비즈니스니까요.

편집부 지코도 발탁하셨다고 들었습니다.

조중훈 지코는 음원 파일로 데모를 받았어요. 지코가 처음에는 SM엔터테인먼트에 있었어요. 대형 기획사에서 연습생 생활을 하다가 생각을 정립하는 과정에서 다른 길을 모색했던 것 같아요. 데모를 듣는데 제가 좋아하는 곡들로만 반주가 구성되어 있었어요. 서로 취향이 맞았던 거죠. 또 하나 인상적이었던 건 박자를 타는 감각이 뛰어났어요. 박자를 잘 타면 뭐든

할 수 있어요. 확장성이 좋죠.

편집부 박자는 가르치면 되는 것 아닌가요? 그보다는 타고나는 목소리나 톤이 더 중요할 것 같은데요.

조중훈 귀는 사람마다 달라요. 저음의 허스키한 목소리가 멋있다고 하는 사람도 있고, 라임(운율)을 굉장히 중시하는 사람도 있어요. 결국 모두를 만족시킬 수는 없죠. 하지만 박자에 대한 감이 있으면 어떤 장르든 소화할 수 있어요. 지코는 그런 확장성을 지니고 있었어요. 그때만 해도 연예인 같지 않고 천덕꾸러기 같은 이미지였어요. 다른 연습생들은 전부 프로필 사진을 사진관에서 찍었는데, 지코만 그냥 사무실에서 찍었어요. 사무실 사람들이 이미지만 보고 지코를 무시한 거죠. 그런데도 되게 빨리, 잘 성장해 줬어요. 장애물을 만나면 거기서 좌절하지 않고 집중하는 모습이 보였어요. '내가 언젠가는 이긴다' 이런 마인드가 있더라고요. 그런 오기나 승부욕이 실력을 쌓을 때 큰 도움이 돼요. 오히려 지코는 승부욕이 너무 심해서 문제죠.(웃음)

편집부 거꾸로 얘는 정말 안 되겠다 싶었는데 성공한 뮤지션이 있습니까?

조중훈 싸이죠. (웃음) 그런데 월드 스타가 되었죠. 지금은 많이 달라졌지만 싸이가 데뷔한 2000년대 초반만 해도 그런 외모로는 무대에 올라갈 수 없었어요. 음악 비즈니스의 시스템에서는 있을 수 없는 일이었죠. 그런데 싸이는 자기 약점을 극복하는 노하우가 있었던 거예요. 음반사 사람들이 모인 회식 자리에서 식탁 위에 올라가 퍼포먼스를 보여 줬어요. 그걸 보고 나면 반하지 않을 수가 없죠. 그래서 음악 비즈니스에 진입할 수 있었어요. 싸이가 일반적인 오디션에 나갔더라면 그냥 '재밌는 친구가 한 명 왔다 갔다' 정도로 끝났을 확률이 커요. 하지만 싸이에게는 돌파구를 찾는 능력, 자기를 보여 줄 기회를 마련하는 능력이 있었어요. 미국 유학 시절부터 가까이 지냈지만 제가 몰랐던 능력이죠.

편집부 처음 소속된 회사에서 성공하지 못하고 다른 곳에 가서야 빛을 본 가수들이 많은데, 어떤 이유일까요?

조중훈 그런 일들이 비일비재하죠. 아까 말한 도끼가 그랬고, 아이유도 그랬고, 지드래곤도 그랬어요. 다른 소속사에서 연습생 시절을 보내다가 현재 소속사로 옮겨서 데뷔하고 성공했죠. 처음 발탁한 소속사도, 나중에 데려간 소속사도 인재를 보는 안목은 있다고 봐요. 다만 제작자마다 높이 평가하는 부분이 조금씩 달랐겠죠. 제작자가 연습생한테 확신을 갖고 있지 않으면 데뷔가 자꾸 늦춰져요. 후순위로 밀리는 거죠. 그러는 사이 그 연습생의 장점을 눈여겨본 다른 제작자가 나타나서 데려가는 거예요.

불확실성의 시대, 직관의 부상

패러다임이 존재하던 시절에는 걱정거리가 많지 않았다.
그러나 지금은 다르다.
패러다임이 파편화되어 믿고 따를 준거가 사라졌다.
기댈 만한 사상이나 이념이 없으니
선택은 오로지 개인의 몫이 된다.

최근 욜로(YOLO)가 새로운 라이프 스타일로 떠오르고 있다. 욜로는 'You Only Live Once'의 줄임말로 예측 불가능한 미래보다 지금 당장의 삶을 중시하고 인생은 한 번뿐이니 즐기며 살자는 뜻이다. 남이 아닌 나를 위해 먹고 마시고, 나를 위해 여행을 떠나고, 나를 위해 작은 사치를 부린다. 욜로족을 겨냥한 상품도 쏟아지고 있다. 타인에게 휘둘리지 않는 삶은 바람직하지만, 요즘 젊은 세대에게 두드러지는 이런 트렌드가 암울하고 불확실한 미래에 대한 역설로 읽혀 안타까운 마음도 든다.

동서고금을 막론하고 인류사에는 시대를 관통하는 패러다임이 있었다. 그리스와 로마로 대표되는 고대 유럽은 인간 중심의 문화를 꽃피웠고, 중세 유럽은 기독교가 전파되면서 오직 신만을 숭배하는 사회로 변모했다. 인간성의 회복을 주창하는 르네상스와 함께 근세 유럽이 시작된다. 이후 절대주의와 중상주의를 거쳐 산업 혁명이 일어나고, 시민 계급의 힘이 커지면서 정치적, 경제적 자유주의가 확산된다. 근대 사회의 출현이다.

패러다임이 존재하던 시절에는 걱정거리가 많지 않았다.

자본주의가 발달하던 20세기 초에는 애덤 스미스(Adam Smith · 영국의 정치경제학자. '보이지 않는 손'에 의한 시장 경제의 자정 능력을 강조했다)의 이론대로 행동하면 그만이었고, 1930년대 대공황 때는 케인스(John Maynard Keynes · 영국의 경제학자. 정부의 경제 개입을 주장했다)의 이론을 따르면 만사가 해결되었다. 그러나 지금은 다르다. 패러다임이 파편화되어 믿고 따를 준거가 사라졌다. 기댈 만한 사상이나 이념이 없으니 선택은 오로지 개인의 몫이 된다.

정보화, 모바일 시대로 접어들면서 가뜩이나 복잡하던 양상이 더 번잡해졌다. 정보 공해라는 말이 생길 정도로 정보가 흔해졌고 개인과 외부를 연결하는 수단도 다양해졌다. 옛날처럼 거대 방송사와 신문사 몇 곳이 여론을 좌우하는 현상이 점점 줄어들고 있다. 비단 우리나라만의 이야기가 아니다. 지난 미국 대선에서 도널드 트럼프는 유수의 언론으로부터 공격을 당했지만, 트위터와 페이스북을 이용해 반격하면서 각종 이슈를 몰고 다녔다. 세계 각국이 한 번도 겪어 보지 못한, 불확실성의 시대를 직면하고 있다. 이제껏 천편일률적으로 좇아왔던 것들에 대한 믿음이 하나씩 깨지고 있다.

과거에도 주류 문화에 저항하는 반문화는 늘 존재했다. 1960년대 미국의 주류 집단을 향해 반전과 평화를 외치던 히피 문화가 대표적이다. 하지만 소수에 불과했다. 사회 구성원 대다수가 기득권과 시스템 자체에 의구심을 품지는 않았다. 지금은 다르다. 이탈자가 속출하고 있다. 부모 세대가 걸어온 길을 뒤쫓지 않고 자신이 원하는 길을 걸어도 문제될 것 없다는 쪽으로 사회 공기가 바뀌고 있다. 욜로가 유행하는 이유다.

최근 빅데이터를 이용해 불확실한 시대를 돌파하려는 기업이 늘고 있다. 그러나 데이터에만 의존한 결정은 불확실성이라는 변수를 온전히 담아내지 못한다. 불확실하다는 것은 수치화할 수 없다는 뜻이기 때문이다. 이럴 때일수록 직관에 주목해야 한다. 포드 자동차의 창업자 헨리 포드는 이런 말을 남겼다.

"내가 만약 사람들에게 뭘 원하느냐 물었다면 그들은 아마 더 빨리 달리는 말이라 답했을 것이다."

사람들에게 묻는 행위를 요즘 말로 바꾸면 소비자 조사나 데이터 분석에 해당할 것이다. 스티브 잡스도 비슷한 말을 했다.

"대다수의 사람들은 원하는 것을 보여 주기 전까지 자신이 무엇을 원하는지 모른다."

위대한 경영자들은 데이터 분석에만 매달리지 않았다. 그들은 자신의 직관을 적극 활용했다. 물론 직관만 가지고 의사 결정을 내려야 한다는 뜻은 아니다. 그동안 상대적으로 저평가되어 온 직관을 활용해 논리적 사고의 빈틈을 메워야 한다는 얘기다.

내 인생의 A/B 테스트

온라인상에서 시리얼 한 박스를 팔 때도
보다 나은 결과를 위해 새로운 시도를 하는데,
사람들은 값을 매길 수 없는 각자의 삶을 두고는
좀처럼 A/B 테스트를 하지 않는다.
30년 전에 디자인된 삶의 방식을 묵묵히 수용한다.

인터넷 쇼핑몰에 접속해서 새로 나온 헤드폰을 둘러본다. 마음에 쏙 드는 상품을 찾았는데 가격이 만만치 않다. 구매하기 버튼을 누를까 말까 망설인다. 판단을 보류하고 창을 닫는다. 잠깐 스포츠, 연예 기사를 읽다가 다시 쇼핑 사이트에 들어간다. 같은 헤드폰을 다시 클릭하고 구매를 고민하는데 어딘지 웹페이지가 조금 낯설다. 구매하기 버튼의 모양과 색깔이 달라졌다.

구글, 아마존, 페이스북을 비롯한 많은 IT 기업이 A/B 테스트를 활용한다. 웹사이트 방문자에게 A버전과 B버전의 웹페이지를 보여 주고, B버전에서 구매하기 버튼을 더 많이 클릭했다면 최종적으로 모든 방문자에게 B버전만 보여 준다. 온라인상에서 시리얼 한 박스를 팔 때도 보다 나은 결과를 위해 새로운 시도를 하는데, 사람들은 값을 매길 수 없는 각자의 삶을 두고는 좀처럼 A/B 테스트를 하지 않는다. 30년 전에 디자인된 삶의 방식을 묵묵히 수용한다.

우리 삶에도 A/B 테스트가 필요하다. 여기서 핵심은 되는대로 뭐든 경험하라는 것이 아니다. 헤드폰을 팔겠다는 목적을 달성하기 위해 A버전과 B버전의 웹페이지를 만들듯, 인생의 큰 그림을 먼저 그린 뒤 그에 적합한 경험들을 해봐야 한다.

인생의 큰 그림을 그릴 때 우리는 보통 좋아하는 일과 잘하는 일이 뭔지 떠올려 본다. 제일 좋은 건 좋아하는 일을 잘하기까지 하는 것이다. 둘이 일치하지 않는다면, 그래서 둘 중 하나를 굳이 골라야 한다면 어느 쪽이든 목적이 있는 길을 택하는 편이 좋다.

나는 두 갈래의 길 중에서 어디가 더 낫다고 생각하지 않는다. 저마다의 인생관에 달린 문제이지, 우열의 문제가 아니다. 돈이고 명예고 다 필요 없고 좋아하는 일만 하겠다면 미련 없이 그 방향을 택하면 되고, 잘하는 일을 해보겠다면 목적의식을 가지고 그쪽으로 가면 된다.

한 번뿐인 인생을 즐기고 좋아하는 일을 하며 사는 건 중요하다. 그러나 목적의식 없이 오직 쾌락을 위해 모든 걸 포기해서는 안 된다. 다만 그 길에 굳은 믿음이 있고, 유효 기간이 정해진 경험이라면 도전하라고 권하고 싶다. 나 역시 그렇게 살아왔다. 미국 유학 시절에 만난 친구들 중에서 연예계로 진출한 친구가 거의 없다. 학교를 졸업하면 적당한 곳에 취업하고, 결혼해서 아이를 낳고, 직장 연차가 웬만큼 쌓이면 경영대학원에 진학하고…… 내 친구들은 이런 길을 걸었다. 어쩌면 나도 그런 수순을 밟는 게 당연했다.

그런데 나는 음악에 빠져서 중학생 때부터 밴드 활동을 했다. 취미로만 생각하다가 1997년 음악 시장의 변화를 느끼면서 기회를 포착했다. 음악 시장의 지각 변동이라는 드문 기회를 내 것으로 만들기에는 음악적 기량이 턱없이 부족했다. 어떻게든 서둘러 배우고 익혀서 내 몸을 툴로 바꿔야 한다는 목적의식이 그때 생겼다. 뱅글뱅글 도는 트랙 위를 이탈하기로 한 것이다.

힙합이란 장르가 대세가 된다는 확신을 가졌기에 음악에 투신하기로 했지만 평생 음악을 할 생각은 없었다. 80살까지 산다고 가정하면 2~3년 정도 외도를 한다고 해서 특별히 문제가 되진 않을 것 같았다. 스물일곱에 취업하든 스물아홉에 취업하든 결정적인 차이는 없으리라 믿었다.

사실 데뷔 초기부터 지금까지 늘 이번 앨범이 마지막이

라는 심정이었다. 여기까지만 내고 은퇴해야지, 이런 마음으로 곡을 쓰고 활동을 했다. 그런데 사람 마음이 워낙 간사하다. 음반이 잘되면 좋은 제안이 들어와서 음악을 계속하게 만든다. 거꾸로 잘 안 풀리면 이대로 끝낼 수는 없다는 생각이 든다. 다음 앨범에서 내 능력을 제대로 보여 주고 멋있게 은퇴해야겠다는 생각이 꿈틀거린다. 나도 알 수 없는 변덕맞은 마음으로 20년이 지났다. 몇 년짜리 단기 프로젝트를 예닐곱 번 반복하며 세월을 보낸 셈이다.

진짜 경험과 가짜 경험

이제 '이 길로 가면 그래도 저만큼은 갈 수 있어'라는
안전장치가 사라진 사회가 되었다.
옛길을 따라가서는 성취할 수도 없고,
더 이상 안전하지도 않다.

인생의 큰 그림을 그렸다면 이제 색을 입힐 차례다. 현실을 정확히 파악하고 현 단계에 필요한 경험이 무엇인지 알아내야 한다. 수차례 말했듯 직관은 풍부한 경험에서 우러나기 때문이다. 그러나 모든 경험이 진짜 경험은 아니다. 보이지 않는 손에 의해 조작된 가짜 경험도 많다. 그런 경험은 기성세대가 정해 놓은 패러다임을 답습하라고 부추긴다.

기술이 급속히 발전하면서 다양한 경로를 통해 온갖 정보를 접할 수 있지만, 우리는 여전히 제공되는 대로 수용하는 방식에 익숙하다. 예능 프로그램을 보면서 유행어를 익히고, 유명 인사의 인스타그램을 보고 식당을 선택하고, 포털과 언론사의 필터링을 거친 뉴스를 클릭한다. 반찬의 가짓수는 전에 비해 늘었지만 여전히 어린아이에게 차려진 밥상이다. 자신이 알고 싶은 분야를 직접 탐구하는 과정에서 발생하는 노하우가 있는데, 주어지는 것들만 받아들이다 보니 경험의 질이 그다지 높지 않다.

청소년의 진로 설정만 해도 그렇다. 성적 등급에 따라 공식처럼 통하는 진로가 있고, 몇 가지 경우의 수마저 대개 부모가 결정한다. 시대를 관통하는 패러다임이 사라졌고, 부모 자식 사이에도 가치관이 나뉘는 판국인데, 미래 세대의 진로를 과거 세대가 결정해도 괜찮을까? 아이들을 위해 내가 내린 결정이 아이들이 장성한 10년, 20년 후에도 여전히 합당할까? 두 아이의 아버지로서 솔직히 자신이 없다. 호주의 한 교육 단체는 인공지능의 발달로 지금 중학교 2학년이 평생 5개의 직업과 15곳의 직장을 가진다고 예측하는데, 초등학교에 갓 입학한 아이에게 의대 가라, 법대 가라 할 수는 없다.

자기가 좋아하는 일과 잘하는 일을 스스로 찾아야 한다. 자신의 가치관에 부합하는 진짜 경험을 하고, 경험에서 비롯한 직관을 활용해 확신이 드는 일을 발견해야 한다. 나를 잘 모르지만 단지 나이가 많다는 이유로, 가방끈이 길다는 이유로 자신의 길을 타인에게 묻는 사람이 있다. 그러기보다는 다채로운 시각에서 자기 자신을 연구하고 확신이 생기는 지점에 집중하면 좋겠다. 이제 '이 길로 가면 그래도 저만큼은 갈 수 있어'라는 안전장치가 사라진 사회가 되었다. 옛길을 따라가서는 성취할 수도 없고, 더 이상 안전하지도 않다.

다시 10대로 돌아간다면 나는 코딩을 배워 보고 싶다. 예전에는 IT 분야에서 창업을 하려면 적지 않은 자금과 시설, 인력이 필요했다. 먼저 사무실을 임대하고 개발자를 채용하고 서버를 들여놓고 데이터베이스 소프트웨어를 구입해야 했다. 그러나 요즘은 창업에 필요한 많은 요소들이 블록처럼 갖춰져 있다. 서버를 들이는 대신 일정 요금을 지불하고 아마존 클라우드 서비스를 이용하면 되고, 웹사이트 제작도 워드프레스를 이용하면 하루 만에 해치울 수 있다. 방문자 통계나 웹 로그 분석도 구글 애널리틱스를 이용하면 손쉽게 해결된다. 어떤 면에서 스타트업 설립은 새로운 기법을 만들기보다 알려진 기법을 조합해 새로운 문제를 푸는 작업에 가깝다. 프랑스의 인류학자 레비스트로스는 이런 과정을 '브리콜라주(bricolage)'라 표현했다.

창업 환경이 나아졌다고는 하지만 창업보다 취업이 쉬웠던 우리 세대가 청년들에게 창업을 권하기란 여러모로 겸연쩍은 일이다. 사실 동시대를 살아가는 청년들에게 해줄 말이 그리 많지 않다. 아니, 할 말은 있지만 말할 자격이 되는지

의문이다. 회사에 들어가기도 힘들고, 창업하는 것도 말처럼 쉬운 일이 아니다. 막상 취직해도 월급이 밀리거나 부당한 요구를 하는 회사도 많다. 솔직히 몇 년 전부터는 후배들을 만나면 공무원 시험을 보라고 권하고 있다. 그래도 한없이 풀 죽어 있을 수만은 없으니 건네는 위로나 덕담 정도로 들어줬으면 좋겠다. 도전하지 않으면 아무 일도 일어나지 않는다. 이것만은 분명한 사실이다.

AI의 연산 vs 인간의 직관

창작자 입장에서 창작을 돕는 툴이 되고 싶어요.
집을 지을 때 사람이 만든 기계를 사람이 이용해서 지어요.
거기에 사람이 들어가 살기 때문에 건설 기계와 기술이 유용한 거예요.
마찬가지로 사람이 인공지능을 이용해 좋은 음악을 만들고,
그런 음악을 들으면서 감성을 충족시키는, 그런 툴이 되고 싶어요.

허밍만으로 작곡을 해주는 '험온'이라는 앱이 있다. 사람이 허밍을 하면 멜로디를 분석해 악보로 변환하고, 멜로디에 어울리는 반주까지 자동으로 제안한다. 이제까지 작곡은 전문가의 영역이었는데, 이 서비스를 이용하면 누구나 쉽고 빠르게 나만의 노래를 만들 수 있다. 음악 분야도 이제 AI와 경쟁하는 시대에 진입했다. 2017년 7월 험온의 최병익 대표를 만나 AI의 연산과 인간의 직관에 대해 이야기를 나누었다.

조중훈 험온은 어떻게 탄생했나요?

최병익 어릴 때부터 음악을 무척 좋아했어요. 뮤지션 앞에서 얘기하긴 부끄럽지만 악기도 일곱 개쯤 다룰 줄 알아요. 대학에 입학할 때 실용음악을 전공할까도 했는데, 취미로 두기로 결심하고 전자공학을 택했어요. 대학교 때 피아노 소리를 악보로 변환하는 프로젝트로 졸업을 했어요. 그때부터 공학과 음악의 접점을 찾고 싶었죠. 2010년에 삼성전자에 입사한 뒤, 사내 벤처 육성 프로그램인 씨랩(C-lab)에 들어가게 됐어요. 600개 팀이 지원하고 9개 팀이 최종 선정되었는데, 저희가 그중 하나였어요. 음악의 몇몇 부분은 알고리즘으로 대체해서 자동화할 수 있다고 생각하고 프로젝트를 구체화했죠. 그러다가 2016년에 분사해서 쿨잼컴퍼니를 창업했어요. 이제 삼성은 저희의 투자자가 된 셈이에요.

조중훈 외국에서도 반응이 괜찮다죠?

최병익 처음부터 국내 시장은 좁다고 생각했어요. 아시다시피 음악은 언어 장벽이 거의 없어요. 실제로 험온 앱의 다운로드 횟수가 33만 건인데(2017년 7월 기준), 절반이 넘는 55퍼센트가 해외 사용자예요. 2016년 5월에 소비자 반응을 보려고 테스트 삼아 올린 건데, 반응이 좋아서 놀랐어요. 별다른 홍보도 하지 않았거든요. 소비자 분포를 보고는 해외로 가야겠다고 결심했죠.

조중훈 험온에 적용된 기술을 인공지능이라 할 수 있을까요?

최병익 AI라는 개념 자체가 정의하기 모호한 면이 있어요. 여러 정의가 가능할 텐데, 협의의 인공지능 수준은 된다고 생각해요. 험온은 머신러닝을 사용하고 있어요. 기계가 기존 악보를 학습해서 사용자의 멜로디에 어떤 화성이 어울릴지, 어떤 코드 진행이 어울릴지 추천해요. 통계를 바탕으로 이런 흐름의 멜로디에는 작곡가들이 이런 코드 진행을 주로 쓰더라, 하는 형태로 붙여 주는 거예요. 계산이 필요한 기계적인 부분을 도와주는 셈이죠.

조중훈 악보 데이터는 어떻게 학습하나요?

최병익 음악에 인공지능을 적용할 때는 크게 두 가지 접근 방식이 있어요. 오디오 파일로 학습하거나 저희처럼 심볼릭 데이터로 학습해요. 오디오 파일은 구하기는 쉽지만 기계 입장에서는 아무런 정보가 없는 소리일 뿐이어서 그걸로 학습해 결과물이 나오면 사람이 수정하기가 어려워요. 기계가 결과물을 내놓기까지의 과정을 사람이 이해하지 못하니까요. 반면에 MIR(music information retrieval · 음악 정보 인출) 기술을 이용하면 소리를 전기 신호로, 즉 정보로 바꿀 수 있어요. 결과물을 사람이 수정하기는 쉽지만 정보가 감춰져 있어서 정보를 직접 만들고 변형하는 수고가 필요하죠.

조중훈 인공지능이 고도로 발전하면 음악계에 어떤 변화가 올까요?

최병익 인공지능은 이제껏 인간이 경험하지 못했던 편리한 도구 중 하나가 될 거예요. 이를테면 사람의 힘을 능가하는 기중기처럼 하나의 툴로 활용되지 싶어요. 지금 딥러닝의 성능이 뛰어나지만 기계가 프로그램을 짜는 거라서 왜 좋은 성능이 나오는지 인간이 해석할 수가 없어요. 그래서 막연히 두려움을 느끼는 것 같아요. 미지의 영역이니까요. 음악의 차원에선 인공지능이 음악 발전을 돕는 좋은 툴이 되리라 생각해요. 음악에는 수학적이고 때론 일정하게 반복되는 작업도 있잖아요. 작곡할 때도 이런저런 코드를 시험해 보기도 하고. 기계적인 측면이 일부 있어요. 그런 부분을 앞으로 기계가 맡는다면 사람의 의도를 파악해 빠르게 도와주는, 좋은 툴로 작용할 것 같아요.

조중훈 결국 인간을 돕는 도구에 그칠 것 같다는 말씀이신데, 인공지능에 대한 묵시록적인 예언이나 긍정적인 전망과는 거리가 머네요.

최병익 현재 수준에서 머신러닝은 수치화가 필요해요. 인간이 방향을 잡아 줘야 해요. 그런데 음악은 감성과 밀접한 연관이 있어서 방향성을 잡기가 힘들어요. 감성은 수치화할 수가 없어서 음악 인공지능이 인간이 원하는 방향으로 발전할지는 미지수예요. 바둑이나 체스는 어떻게 두면 이긴다는 규칙이 명확하지만, 음악은 무엇이 좋은 음악인지 불분명해요. 사람마다 달라서 세팅하기조차 어려운 분야죠.

조중훈 빅데이터를 이용해 사람들이 어떤 풍의 음악을 좋아하는지 컨설팅해 주는 스타트업이 있다던데, 그런 기술과 결합하면 인공지능이 스스로 방향성을 정할 수 있지 않을까요?

최병익 머신러닝도 결국 인풋을 바탕으로 기계가 프로그램을 짜는 거예요. 사람의 창작도 그렇잖아요. 인풋이 충분해야 창작이 가능하죠. 마찬가지로 기계도 기존 음악을 분석해야 뭔가가 나오는데, 지금은 사람이 해오던 것을 학습하는 수준이에요. 어느 정도의 분석은 하겠지만, 음악이 좋다 나쁘다, 히트를 친다 못 친다, 이런 부분은 음악의 스토리와 사회적 분위기가 맞아떨어져야 하는데, 그 복잡성을 기계의 연산 능력으로 다루기는 아직 무리라고 생각해요.

조중훈 '아직'이라고 하셨는데, 그럼 나중에는 가능하다는 뜻인가요?

최병익 테슬라는 2025년이면 완전 자율주행차가 가능하다고 주장해요. 그때가 되면 아예 인간의 운전이 법적으로 금지될 거라고 말하고 있어요. 운전은 정해진 규칙을 따르는 측면이 커서 수치화하기 명확한데도 그 정도가 걸린다면, 음악은 훨씬 더 오래 걸리지 않겠어요? 훨씬 복잡하고 감성적인 영역이라 아주 오랜 시간이 걸릴 것 같아요. 잘 아시겠지만 기술적인 면을 만족시킨다고 무조건 음악이 히트하는 건 아니잖아요.

조중훈 앞차와 간격을 자동으로 조절하거나 무인으로 주차하는 시스템은 이미 상용화되었죠. 법적, 기술적으로 크게 어렵지 않은 영역부터 자동화가 이뤄지고 있는데, 그런 면에서 비교적 단순한 박자로 구성되는 힙합 장르에서는 인간과 AI의 협업이 가까운 미래에 일어날 것 같아요. 사실 제가 요즘 관심을 많이 가지고 있는 분야예요.

최병익 구글의 마젠타 프로젝트(Magenta Project · 머신러닝으로 창작의 영역에 도전하는 프로젝트)도 인간과 AI의 협업이었어요. 마젠타가 멜로디를 만들고 사람이 드럼으로 박자를 쳤죠. 그런데 마젠타가 작곡한 피아노곡은 사분음표와 팔분음표로만 이뤄져 있었어요. 단순하죠. 음악은 스토리가 가장 중요한데, 사람이 기계에게 공감하기가 쉽지 않아요. 그래서 아직 대중적 공감을 얻지는 못하고 있어요. 다만 신기하니까 회자되는 거죠. 그걸로 히트곡까지 나올지는 의문이에요.

조중훈 인공지능이 인간의 직관을 넘어서는 건 시간문제에 불과하다고 주장하는 사람도 있어요. 이세돌 9단과 알파고의 바둑 시합을 예로 들면서 말이에요.

최병익 기계 입장에서 바둑은 가로세로 열아홉 줄에 0과 1, 2밖에(흑, 백, 무) 없는 단순한 계산이에요. 지금 머신러닝의 발전 속도를 감안할 때 쉬운 분야에 속해요. 그걸로 인간의 직관을 이겼다는 건 너무 드라마틱한 각색이죠. 인공지능의 계산이 인간의 계산을 이겼다고는 할 수 있겠네요. 조만간 인간과 인공지능이 스타크래프트 게임을 겨룬다던데, 그것만 해도 인공지능이 이긴다고 장담하기 어려워요. 이미지 처리가 연산의 양이 훨씬 많거든요.

조중훈 듣고 보니 정말 그러네요. 아무리 기술이 발전해도 인간의 감성을 다루는 음악은 연산만으로 이뤄질 수는 없을 것 같아요. 어떻게 생각하세요?

최병익 우선 감성이 무엇인지부터 정의해야 돼요. 컴퓨터는 숫자로 변환이 가능한 것만 다룰 수 있으니까요. 영상을 봐도 컴퓨터는 숫자로 인식해요. 픽셀과 RGB 값을 연산해서 인간이 보는 방식으로 송출할 뿐이죠. 그런데 감성은 수치화하기가 어려워요. 공학뿐만 아니라 인문학, 심리학과도 결합돼야할 영역이에요.

조중훈 험온을 창업한 지 1년이 지났습니다. 험온의 최종 버전이 궁금하네요. 어떤 서비스가 되고 싶으세요?

최병익 인공지능 기술이 계속 연구되고 있으니 언젠가 인공지능이 작곡도 하게 되리라 생각해요. 돈을 지불하는 사용자가 생기면 한 분야로 성장할 수도 있겠죠. 예를 들어 빌보드 차트에 기계음악 분야가 생길 수도 있고. 다만 사람들의 감성을 얼마나 자극하느냐, 이게 관건이죠. 저희는 사람이 꿈을 이루는데 도움이 되는 툴을 만드는 것이 목표예요. 기계는 꿈과 의지가 없어요. 기계가 그림을 그리고 작곡을 할 수는 있겠지만, 감성이 표현된 것이라 말할 수는 없잖아요. 음악은 내 스토리와 내 감성을 표현하는 거예요. 애인과 헤어지고 나서 슬픈 이

별 노래가 와 닿는 이유는 내 심정을 대변해 주기 때문이에요. 내 노래 같아서 찾아 듣고 눈물 흘리는 거잖아요. 그걸 기계가 대신할 수 있을까요? 저희는 창작자 입장에서 창작을 돕는 툴이 되고 싶어요. 집을 지을 때 사람이 만든 기계를 사람이 이용해서 지어요. 거기에 사람이 들어가 살기 때문에 건설 기계와 기술이 유용한 거예요. 마찬가지로 사람이 인공지능을 개발하고, 그걸 이용해 좋은 음악을 만들고, 그런 음악을 들으면서 감성을 충족시키는, 그런 툴이 되고 싶어요.

2장

세상에 버릴 경험은 없다

자극과 반응 사이

똑같은 경험을 해도 성장하는 사람이 있는가 하면,
제자리에 머무는 사람이 있다.
중요한 것은 자극 자체가 아니라 자극에 대처하는 반응이다.
세상에 버릴 경험은 없다.

"자극과 반응 사이에는 공간이 있는데 이 공간에 우리의
자유와 힘이 있다. 우리가 어떻게 대응할지 선택할 자유와 능
력은 그 공간에 있고, 어떻게 대응하느냐에 따라 각자의 성장
과 행복이 결정된다."

빅터 프랭클,《죽음의 수용소에서》

중학교 3학년 때 나는 미국 유학을 떠났다. 뉴욕에서 고
등학교를 마치고, 1995년 뉴욕 파슨스 디자인 스쿨에 입학했
다. 전공은 디자인 마케팅을 택했다. 아버지와 어머니께서 의
류 사업을 하셨기 때문에 장남으로서 당연히 가업을 이어야
한다는 생각이었다. 어려서부터 음악에 심취했고, 친구들과
록 밴드를 결성해 차고에서 기타와 드럼을 쳤지만 업으로는
생각하지 않았다. 본격적인 사회인이 되기 전까지 허락된 취
미 생활 정도였다.

1996년 대학 2학년 때의 일이다. 당시 나는 맨해튼 인근
의 뉴저지 엣지워터에 살았는데, 음악이 너무 하고 싶었다. 미
디 인터페이스 같은 기본 장비는 아버지 몰래 어머니가 사주

셨지만 외장 악기들은 가격이 만만치 않았다. 아르바이트를 해서 하나씩 모으긴 했지만 제대로 된 곡 작업을 하기에는 턱없이 부족했다. 어떻게 할까 궁리하다가 한인 신문을 뒤져서 동네 녹음실을 찾아냈다. 수업을 마치고 신문에 적힌 주소지를 찾아갔다. 2층짜리 건물이었는데, 1층에는 알록달록하고 정신 사나운 컬트 의상을 파는 가게가 있었다. 잡아먹을 듯이 노려보는 마네킹을 지나 계단을 올라가니 녹음실이 나왔다. 버클리 음대를 졸업한 한인이 운영하는 녹음실이었다.

숨 한번 크게 들이쉬고 무작정 들어갔다. 다짜고짜 사장님이 맞는지 확인하고는 돈은 됐으니 뭐든 시켜만 달라고 했다. 비싼 악기가 가득한 곳에 생판 모르는, 더구나 껄렁해 보이는 청년을 들이기가 쉽지 않았을 텐데, 사장님은 흔쾌히 허락해 주셨다.

녹음실 생활은 정신없이 흘러갔다. 낮에는 시키는 대로 일했다. 청소와 심부름을 했고 때론 녹음을 도왔다. 녹음실에 들락거리는 형들과 친해지면서 한국 음반 시장과 교류가 있는 스튜디오 관계자들도 알게 되었다. 당시 한국 가요 시장은 서태지와 아이들이 은퇴하고, 갓 데뷔한 H.O.T.가 선풍적인 인기를 끌고 있었다. 요즘처럼 인터넷이 흔한 시절이 아니어서 형들을 통해 한국 음악계 소식을 듣는 재미가 쏠쏠했다. 녹음실이 문을 닫는 밤이면 악기를 빌려다가 집에서 내 작업을 하고, 아침 일찍 악기를 다시 가져다 놨다. 그렇게 1년을 보냈다. 그사이 녹음실 사장님이 준비하던 앨범 하나가 완성되었다. 그 앨범에는 내 자작곡과 보컬도 일부 수록되어 있었다.

녹음실 사장님은 혼성 댄스 그룹을 꾸려서 한국에 데뷔시킬 작정이었다. 사장님의 애초 구상에는 녹음실 알바생인 나도 포함되어 있었다. 하지만 내가 지향하는 음악과 거리가 멀었고, 데뷔를 목적으로 곡 작업을 한 것은 아니었기에 합류하지 않았다. 'U.R.I.'라는 그룹이었는데 타이틀곡은 〈유 앤 아이(YOU&I)〉였다. 데뷔 앨범은 8~9만 장쯤 나갔다. 밀리언셀러가 흔하던 시절이라 메가 히트라고 할 수는 없지만 그래도 제법 괜찮은 성과였다. 아무튼 1997년이 되자 나는 얼결에 유학파 작곡가가 되어 있었다. 개인적으로 작업하던 곡들도 앨범을 내기에 충분할 만큼 쌓여 있었다.

1997년 여름 방학이 시작되자마자 나는 한국에 들어왔다. 자취방에서 녹음한 데모 테이프를 들고 레코드사를 찾아다녔다. 웬만큼 이름이 알려진 곳은 전부 찾아갔다. 지금이라면 인사하고 뭐하고 매너 있게 행동했겠지만 그때는 젊은 혈기에 무턱대고 음악부터 들려줬다. 그만큼 내 음악에 자신이 있었다. 하지만 대부분 관심을 슬쩍 보이면서도 주저하는 기색이 역력했다. 지금은 사라진 삼성영상사업단 관계자는 이런 조언을 했다.

"음악은 나쁘지 않네요. 그런데 요즘 유행하는 곡들과 비교하면 랩이 너무 많아요. 가사에 욕설도 있고. 그 부분을 고쳐서 다시 가져오면 검토해 볼게요."

독학으로 음악을 배웠고, 음반 시장에 연줄도 없고, 음악 비즈니스의 초짜인 내게는 결코 나쁘지 않은 제안이었다. 오히려 굉장히 고무적인 반응이었다. 음악이나 영화 같은 엔터테인먼트 분야는 데모 테이프나 시나리오를 아무리 들이밀어도 담당자를 만나기조차 쉽지 않다. 서류 봉투를 끌어안고 직접 찾아가도 안내 데스크의 문턱을 넘지 못하고 '저기 놓고 가세요'라는 말을 듣기 십상이다. 그런데 미팅 시간을 내주고 개선점까지 알려 줬으니 내 음악을 웬만큼 인정했다는 방증이었다.

그러나 나는 내 음악을 고치고 싶지 않았다. 직업이 아니라 취미로 하는 건데, 굳이 유행가 스타일을 따를 필요가 없었다. 그렇다 해도 고개나 끄덕이고 조용히 나왔으면 되었을 텐데, 나는 말 안 듣는 유학파처럼 지금 스타일로 더 많은 곡 작업을 하겠다고 말하고 미국에 돌아왔다.

다시 뉴욕에 돌아와 학교에서 패션 공부를 하고, 방과 후에는 가업을 잇기 위해 원단 업계나 의류 유통 관계자를 만나고, 밤에는 곡 작업을 하면서 평소와 다름없는 일상을 보냈다. 그러다 1997년 11월 IMF 외환 위기가 찾아왔다. 1달러에 800원쯤 하던 환율이 2000원을 상회했다. 1000대를 오르내리던 종합 주가 지수는 400선을 밑돌았고, 재계 순위 상위권의 대기업들이 맥없이 쓰러졌다. 내 음악에 조언을 해줬던 삼성영상사업단도 해체 수순을 밟았다. 도미노처럼 중소기업들도 줄줄이 도산했다. 이런 상황에서 유학은 사치였다. 한국에 계신 부모님이 송금해 주시는 돈으로 생활했는데, 부모님의 수입이 갑자기 몇 배로 늘지 않는 한 유학 생활을 지속하기 힘들었다.

1997년 겨울부터 이듬해 봄까지 나는 어떻게든 버텨 보려고 발버둥 쳤다. 녹음실을 찾을 때처럼 신문의 구인 광고부터 살펴봤는데, 막상 내가 할 만한 일들이 별로 없었다. 교포 자녀에게 한국말을 가르치거나 식료품 가게에서 상품을 나르고 진열하는 일 정도였다. 마음이 하도 급해서 몇 주 동안 교포에게 한국어 강습을 했는데, 시급 3불을 받았다. 맥도날드에서 햄버거 하나 사 먹으면 날아가는 돈이었다. 식비에다 차비까지 제하고 나면 밑지는 장사였다.

돌파구가 필요한 시점이었다. 나는 곰곰이 생각했다. 그때까지 부모님이 송금해 주신 돈에서 조금씩 떼어 비축한 돈이 얼마간 있었다. 아껴 쓰면 반년은 버틸 수 있는 금액이었다. 아르바이트를 하며 당장 얼마라도 벌면서 그래도 모자라는 생활비는 저축한 돈에서 조금씩 빼 쓰며 미국 생활을 연장할지, 아니면 그 돈을 종잣돈 삼아 사업이든 뭐든 시작해 승부를 볼지 고민했다. 남의 나라에서 하류 노동자로 사느니 죽이 되든 밥이 되든 일단 부딪쳐 보는 쪽으로 마음이 기울었다. 그렇다면 내가 당장 큰돈을 벌 수 있는 방법이 뭘까. 요리조리 따져 보다가 비즈니스로서의 음악을 처음으로 떠올렸다. 아무리 머리를 굴려도 그 방법밖에는 뾰족한 수가 없었다.

결심은 내렸지만 현실적인 장애물이 남아 있었다. 부모님을 설득해야 했다. 특히 아버지는 음악을 취미로 하는 것조차 반대하셨는데, 아예 업으로 삼겠다고 하면 어떻게 나오실지 뻔했다. 나는 세 장짜리 장문의 편지를 보냈다. 음악을 해야 하는 나름의 이유와 고민의 과정은 물론이고, 마치 사업 계획서처럼 음악 시장의 규모와 변화 움직임, 향후 계획까지 상세하게 담았다. 아버지는 별 말씀 없이 단번에 허락하셨다. 나중에 알았지만 사실 허락이라기보다 묵인에 가까웠다. 저만큼 구체적인 계획을 세웠다면 설득이 통하지 않겠다고 생각하시고는 손을 놓은 것이었다.

인생의 행로를 음악으로 틀었으니 더 이상 패션 공부는 무의미했다. 1998년 여름 나는 파슨스 디자인 스쿨을 그만두고 버클리 음대에 들어갔다. 음악을 배우기보다는 음악 산업 종사자와의 접점을 만들기 위해서였다. 동시에 그간 만들었던 데모들을 완성곡 위주로 추렸다. 여덟 곡이 나왔다. 어차피 대형 음반사에서는 랩이 많다거나 가사에 욕설이 있다는 이유로 내 음반을 내주지 않을 터였다. 그렇다면 방법은 하나였다. 음반사를 거치지 않고 대중과 직접 만나는 것이었다.

1998년 10월, 나는 PC통신 자료실에 〈브레이크 프리 (Break Free)〉를 비롯한 자작곡들을 올렸다. 일주일 만에 10만 다운로드를 넘어섰다. 나를 돌려보냈던 한국의 음반사들이 자취방으로 수십 번 넘게 전화를 걸어왔다. 랩이 많든 욕설이 많든 상관없으니 정식 계약을 맺고 앨범을 내자는 제안이었다.

요즘도 나는 감당하기 벅찬 일이 생기면 한없이 우울했던 1997년 겨울과 시도 때도 없이 전화벨이 울리던 1998년 가을을 떠올린다. 똑같은 경험을 해도 성장하는 사람이 있는가 하면, 제자리에 머무는 사람이 있다. 중요한 것은 자극 자체가 아니라 자극에 대처하는 반응이다. 나는 IMF라는 나와 내 가족과 우리나라의 위기를 경험한 뒤 그토록 바라던 가수가 되었다. 세상에 버릴 경험은 없다.

북 스마트와 스트리트 스마트

나는 스트리트 스마트를 사람과 사람이 부대끼는 가운데
터득하는 노하우라고 생각한다.
숱한 경험과 실패를 통해 살아 있는 지식을 배우고,
그 과정에서 겸손의 미덕을 깨친다.

삶은 날마다 경험하는 일이다. 경험의 종류는 무척 다양한데, 힙합에서는 북 스마트(book smart)와 스트리트 스마트(street smart)라는 말을 자주 사용한다. 전자는 책에서 배우고, 후자는 길에서 배운다. 스트리트 스마트는 미국 힙합에서 종종 허슬(hustle)이란 말로 표현된다. 거리에서 마약을 팔거나 사기를 쳐서 생계를 유지하는 삶의 방식을 뜻한다. 한편 우리나라 힙합에선 누구보다 열심히 일해 돈을 번다는 의미로 쓰인다. 돈 자랑이 지나치다는 비판도 있지만 자수성가한 래퍼로 유명한 도끼의 노래 〈온 마이 웨이(On My Way)〉에 이런 삶의 자세가 잘 나타난다.

"날 때리는 현실을 부정한 채 객기로 버틴 지 벌써 8년이 지났지만 똑같아. 꿈을 이루기 위해 still I'm on my way."

두 가지 배움 중 무엇이 더 낫다고 단정하기는 어렵지만, 북 스마트가 밑받침되는 스트리트 스마트가 최적의 경험 방법이 아닐까 싶다. 실제로 이런 복합 능력을 지칭하는 말도 있다. 이론 학습과 실전 경험이 더해져 생기는 내공을 딥 스마트(deep smart)라고 하는데, 하버드대 도로시 레너드 교수와 터프

츠대 월터 스와프 교수가 주창한 개념이다.

　　고위 공직자의 부정부패 사건을 접할 때마다 이런 생각이 든다. '저렇게 공부 잘하고 똑똑한 사람이 대체 왜 그랬을까?' 세상살이를 책으로만 배운 탓이다. 책에 담긴 내용을 실제 삶에 적용해야 하는데, 시험 대비용으로 달달 외우기만 했기 때문에 보통 사람의 상식과 동떨어진 행동을 하게 된다. 어떤 광고 카피처럼 키스를 글로 배울 수는 없다. 젊어서 고생은 사서도 한다는 고리타분한 말이 있지만, 그것만큼 옳은 말이 없다. 한 살이라도 어렸을 때 최대한 다양한 경험을 쌓아야 직관이 생길 수 있다.

　　스트리트 스마트를 일 처리의 요령이나 처세술 정도로 해석하는 사람도 있지만, 나는 사람과 사람이 부대끼는 가운데 터득하는 노하우라고 생각한다. 숱한 경험과 실패를 통해 살아 있는 지식을 배우고, 그 과정에서 겸손의 미덕을 깨친다.

　　우리나라 사람은 뭔가를 배우거나 경험할 때 곧바로 학원과 연관을 짓는 경향이 있다. 하물며 음악을 배울 때마저 학원에 의지한다. 기타를 배우려고 기타 교습소에 다니고, 랩을 익히려고 실용 음악 학원에 등록한다. 최근에는 오디션 프로그램 합격에 최적화된 학원까지 등장했다. 예선 통과에는 도움이 될지 몰라도 길게 볼 때는 그리 매력적인 선택이 아니다. 정형화된 춤과 노래로는 앞선 세대의 아류밖에 되지 못한다.

나는 음악을 배울 때 돈이 생기면 악기를 하나씩 모았기 때문에 평상시에는 주머니 사정이 좋지 않았다. 편의점에서 아르바이트를 하는 친구에게 유통 기한이 지난 샌드위치나 햄버거를 자주 얻어먹었다. 악기를 배울 때도 학원에 다니지 않고 악기 상가에 가서 어깨 너머로 익혔다. 악기 상가에서 너덧 시간쯤 놀면 새로 나온 악기들을 웬만큼 파악할 수 있었다. 신보가 나오면 음반 가게에 가서 공짜로 들었고, 꼭 갖고 싶은 음반만 사서 모았다. 음반 회사를 설립할 때도 마찬가지였다. 보스턴 뉴베리 스트리트의 타워레코드에 있던 서점에서《Making Independent Label》이란 책을 읽으며 기초적인 정보를 얻고, 음반사 관계자들에게 하나씩 물어 가며 독립 레이블을 차렸다.

요즘에는 인터넷이 있어서 정보를 입수하는 환경이 한결 편리해졌다. 원하는 바를 얻기 위해 반드시 소비 행위가 필요한 것은 아니다. 발품을 팔아 가며 배우는 과정에서 부수적으로 얻는 것들이 훨씬 더 많다. 게다가 그런 배움은 몸과 마음에 깊숙이 박혀 아주 오래 남는다.

여행의 발견

출근길을 한번 바꿔 보는 것도 좋을 것 같아요.
매일 다니던 길은 거실 가구처럼 고정된 배경에 불과하지만,
낯선 거리에선 보도와 간판, 가로수가 눈에 들어와요.
뇌가 깨어나는 거죠.

편집부 삶은 날마다 경험하는 일이라고 하셨는데, 가장 압축적인 경험은 어디서 할 수 있을까요?

조중훈 아무래도 여행이 아닐까요? 프랑스 소설가 마르셀 프루스트가 그랬다고 하잖아요. 진정한 여행의 발견은 새로운 풍경을 보는 것이 아니라 새로운 눈을 갖는 거라고.

편집부 새로운 눈이란 게 어떤 의미죠?

조중훈 자발적인 이방인이 되는 거죠. 낯선 장소에 처음 닿으면 적잖이 긴장되면서 들뜨는 느낌이 들잖아요. 눈에 익지 않은 골목과 광장, 처음 보는 간판, 모국어가 아닌 활자, 생김새가 나와 완전히 다른 행인들의 모습에서 오는 묘한 흥분이 있어요. 일상에선 그러기가 쉽지 않죠. 주위를 둘러봐도 전부 익숙한 풍경뿐이고, 전화 한 통이면 어디든 연결되고, 인터넷이 있어서 세세한 정보까지 금방 알아낼 수 있죠. 하지만 여행지에서는 관찰자나 방관자가 될 수 있어 좋은 것 같아요. 뇌가 자극되는 기분이죠.

편집부 드러머 남궁연 씨가 비슷한 얘기를 한 적이 있습니다. 생소함이 휴식이 된다는 지론인데요, 머리를 쉬게 하고 싶을

땐 덴마크나 스웨덴 방송을 듣는다고 합니다. 무슨 말을 하는지 전혀 알아들을 수 없어서 머리가 멍해지면서 한편으론 정신이 맑아진다는 얘기죠.

조중훈 정말 그래요. 예전에 읽은 책에도 그런 얘기가 나와요. 인간의 뇌는 익숙한 것을 좋아한다고 해요. 어떤 일을 처리하는 절차가 뇌에 완벽히 기억되어 있으면 무의식적으로 수행할 수 있어서 뇌가 별로 일을 하지 않아요. 경험한 적이 없는 일을 자꾸 해야 뇌에 자극을 줄 수 있죠. 대표적인 것이 여행이에요.

편집부 기억에 남는 여행지가 있으세요?

조중훈 여행 예찬을 잔뜩 늘어놨지만 사실 여행을 많이 다니진 못했어요. 동남아 몇 곳과 독일, 영국에 가본 게 전부예요. 미국에 있을 때도 뉴욕 근처에만 머물렀어요. 유학 생활을 마치기 전에 미국 횡단 여행을 해보라는 권유를 많이 받았는데, 그러지 못한 게 아직도 아쉬워요. 그때만 해도 음악이라는 뚜렷한 목표를 가지고 하루하루를 통제하는 생활을 했기 때문에 기회를 놓친 셈이죠.

편집부 연예계 종사자들은 업무 차 외국에 자주 나가지 않나요? 화보 촬영이나 외국 공연이 많을 것 같은데.

조중훈 화보 촬영은 기회가 별로 없어서. (웃음) 여행이라기엔 뭣하지만 비즈니스 목적으론 해외를 여러 번 다녔죠. 제작자로 활동할 때 소속 뮤지션들이 해외 투어에 익숙해진 다음에는 직원들만 보냈지만, 초창기에는 같이 다녔어요. 거의 매달 K팝 투어를 나간 것 같아요. 중국이나 일본, 동남아시아를 주로 다녔어요.

편집부 K팝 투어를 나가면 보통 일정이 어떻게 됩니까?

조중훈 엄청 바빠요. 공연을 주최한 측은 뮤지션이 현지에 오래 머물며 여러 프로모션에 나서 주길 바라죠. 반면 우리는 일정을 효율적으로 조정해서 핵심적인 행사에만 참여하려고 하죠. 어차피 개런티는 똑같이 지급되니까요.

편집부 주로 어떤 행사인가요?

조중훈 언론 인터뷰가 많아요. 현지 공항에 도착하는 순간부터 인터뷰가 시작돼요. 라디오나 TV 방송처럼 우리가 방송국에 가야 하는 것도 있고, 언론에서 찾아오는 경우도 있어요. 스무 개 매체가 찾아온다면 순서대로 인터뷰를 소화하는 데만 이틀은 걸려요. 그 사이 틈틈이 방송국도 왔다 갔다 하고요. 공연을 하루 1회 하면 오전부터 리허설을 하니까 하루가 금방 지나가죠. 하루 2회 공연이라면 두 배로 바빠지는 셈이죠.

편집부　요즘은 국내보다 국외 활동에 전념하는 그룹도 많던데요.

조중훈　엔터테인먼트 산업은 철저히 시장 논리에 따라 굴러가요. 해외에서 수요가 있으니 해외로 나가는 거죠. 사실 국내 시장은 포화 상태에 가까워요. 지난 20년 동안 엔터테인먼트 산업이 성숙하면서 수요가 공급을 따라가지 못하는 상황이 도래했어요. 그러니 눈을 밖으로 돌릴 수밖에 없죠.

편집부　국내 경쟁이 오죽 치열하면 그럴까도 싶습니다. 데뷔하기도 더 어려워졌겠네요.

조중훈　연습생 입장에선 정말 가혹한 상황이 된 거죠. 어렵사리 연습생이 되고, 고생 끝에 어떤 팀에 픽업이 되고, 하드 트레이닝을 받고, 막바지에 가서 팀 멤버가 확정되고, 앨범이 제작되고, 정식 데뷔를 하고…… 데뷔하기까지 수많은 절차와 단계를 밟아요. 그 과정에서 개인의 실수나 회사 경영 문제, 시장 상황 변화로 팀이 와해되거나 멤버 일부가 중도 하차하는 경우가 비일비재해요.

편집부 데뷔 직전 단계까지 갔다가 무산되면 연습생 입장에선 엄청난 손실인데, 해법이 없을까요?

조중훈 어느 정도 준비가 된 연습생이라면 해외에서 바로 기회를 찾아봐도 좋을 것 같아요. K팝이라는 시장이 이미 열려 있으니까요. 관련 에이전트도 많이 생기는 추세예요. 현지 프로모터와 연계해서 일하면 국내보다 오히려 수익이 나아요. 그런 방식으로 접근해서 성공한 팀들도 많아요. 국내에서 이름을 알리기 쉽지 않다면 바로 해외부터 공략하는 것도 하나의 방법이 될 수 있어요.

편집부 아무리 그래도 여러모로 낯선 해외 무대에 바로 서는 건 성급하지 않을까요?

조중훈 제 말의 핵심은 '해외'가 아니라 '공연 경험'이에요. 국내에서 경험을 쌓을 수 없다면 해외에 나가서라도 무대 경험을 해야죠. 연습생 생활도 어느 정도 도움이 되겠지만, 무대 경험보다 나을 순 없어요. 하물며 버스킹(busking · 길거리에서 여는 공연)을 하더라도 자꾸 실전 경험을 쌓고 팬들과 직접 교감해야 실력이 늘어요.

편집부 아까 말씀하신 대로 여행이 경험을 쌓는 지름길이라는 데에는 동의하지만, 현실적으로 일반인은 여행을 자주 다니기가 쉽지 않습니다. 학교든 직장이든 어딘가에 매여 있는 몸이니까요.

조중훈 저 역시 며칠씩 여행을 다니진 못해요. 대신 주기적으로 반나절이나 하루 정도를 투자해서 정처 없이 다니는 걸 좋아해요. 행복은 강도가 아니라 빈도라는 말도 있잖아요. 강한 자극을 주는 해외여행을 1년에 한 번 다녀오는 것보단, 작은 자극을 주는 경험을 한 달에 한 번, 일주일에 한 번은 갖는 걸 선호하는 편이에요. 지난주에는 혼자 서해안을 다녀왔어요. 출판사에 원고를 줘야 하는 날짜는 다가오는데, 생각은 정리가 잘 안되고…… 에라 모르겠다, 하고 도망치는 심정으로 훌쩍 떠났는데, 막상 출발하면 갈 때부터 졸리고 피곤하죠. 가면서도 '왜 출발했지?' 이러고. 올 때는 지쳐서 후회하고. (웃음) 그래도 가끔 일상을 벗어나고 싶어서 나서는 편이에요.

편집부 그렇게 잠깐 다녀오면 주의가 환기되나요?

조중훈 익숙한 공간을 벗어나면 몸은 피곤해도 머리가 시원해 지는 기분이 들어요. 뭔가 대단한 아이디어를 생산하지는 못해 도 복잡했던 문제들이 가지런히 정리되는 느낌이랄까. 그것만 해도 일상에선 얻기 어려운 성과라고 생각해요. 후배들한테도 자주 말해요. 작업이 잘 안 풀리면 낯선 동네에 가보라고. 서울 시내만 해도 안 가본 동네가 천지잖아요. 뭐든 얻는 게 있어요. 하다못해 동네 지리라도 익히겠죠. 직장에 다니는 분이라면 출근길을 한번 바꿔 보는 것도 좋을 것 같아요. 매일 다니던 길은 거실 가구처럼 고정된 배경에 불과하지만, 낯선 거리에 선 보도와 간판, 가로수가 눈에 들어와요. 뇌가 깨어나는 거죠.

나의 사업 이야기

운 좋게도 PC통신에 노래를 올리자마자 화제가 되었고,
기회가 왔을 때 잡아야겠다는 생각이 들었다.
서점에서 독립 레이블을 세우는 방법에 대한
책 몇 권을 독파하고는
겁도 없이 회사를 설립한 것이다.

1998년 겨울, 나는 23세의 나이로 독립 레이블 '스타덤 (Stardom)'을 설립했다. 거대 제작사를 만들겠다는 거창한 포부가 있었던 것은 아니다. 대형 음반사에서 숱하게 퇴짜를 맞은 터라 그들에게 앨범 작업을 맡긴다면 내 곡을 유행가처럼 개작할 수밖에 없었다. 운 좋게도 PC통신에 노래를 올리자마자 화제가 되었고, 기회가 왔을 때 잡아야겠다는 생각이 들었다. 서점에서 독립 레이블을 세우는 방법에 대한 책 몇 권을 독파하고는 겁도 없이 회사를 설립한 것이다.

설립 초기 스타덤은 페이퍼 컴퍼니와 다름없었다. 앨범 제작 노하우가 전무한 상태에서 회사부터 덜컥 세웠으니 일이 제대로 돌아가지 않았다. 실전 경험이 풍부한 파트너가 절실했다. 온라인에서 유명세를 타면서 한국 유수의 레코드사에서 연락이 쇄도했다. 학교에서 돌아오면 자동 응답기에 음성 메시지가 가득 차 있었다. 자기네 음반사와 계약을 맺자는 내용이었다.

나는 오히려 역으로 제안했다. 직접 회사를 차렸는데 유통과 매니지먼트가 필요하니 그 부분만 파트너로 할 수 있는 곳과 함께하겠다고 말했다. 그런 협상 과정을 통해 선택한 회사가 바로 예당음향(현 예당컴퍼니)이었다. 나는 예당음향과 지분율 50 대 50으로 벤처 회사를 설립하고 그곳에서 3집까지 냈다.

음반 업계의 시스템을 웬만큼 파악한 4집부터는 홀로서기에 나섰다. 2001년 30억 원 가까이 투자를 받아 사옥을 지었다. 사옥 내 녹음실과 작업실을 완비하고, 그동안 쌓은 경험과 노하우를 신인 제작에 투입했다. 틈틈이 내 곡도 준비해서 2002년 4집을 발표했다. 그러나 시장의 반응은 싸늘했다.

데뷔 초기엔 9시 뉴스에 보도될 정도로 화제였기에 가만히 있어도 방송국에서 섭외 요청이 들어왔지만, 4집 때는 화제성도 식었고 이미지가 비슷한 리쌍과 싸이가 인기를 끌면서 상대적으로 나는 크게 주목받지 못했다. 앞길이 막막한 상황에서 내가 제작한 신인까지 띄우려니 여러모로 힘에 부쳤다. 예당음향과 일하면서 매니지먼트 노하우를 충분히 익혔다고 생각했지만, 업계를 지배하는 피디와 매니저 사이의 카르텔을 넘지 못했다.

오기가 발동했다. 방송 관계자들이 다시 나를 찾도록 만들겠다고 다짐했다. 방송국 피디를 상대로 영업하는 방식으론 답이 없었다. 신인 제작을 잠시 뒤로하고 우선 내 앨범에 집중하기로 했다. 용인에 작업실을 얻고 1년 동안 칩거하며 곡 작업에 전념했다. 그리고 2004년 〈친구여〉가 수록된 5집 앨범을 발표했다. 5집 앨범이 크게 히트하면서 다시 방송국에서 연락이 쏟아졌다.

2007년 나는 공익 근무 요원으로 복무하며 공백기를 보냈다. 데뷔한 뒤 처음으로 음악 작업을 하지 않은 2년이었다. 그 기간 동안 앞으로 가수를 할지, 제작자를 할지 심각하게 고민했다. 하루에도 몇 번씩 마음이 바뀌었다. 음악은 10대와 20대가 생산과 소비를 주도하는 'young man's game'이다. 30대의 나이로 그 게임에 직접 뛰어들어 도전하거나, 다음 단계로 넘어가느냐의 판단이었다. 그러다 내 음악도 틈틈이 하면서 전에 없던 신인을 발굴하면 어떨까 하는 생각이 들었다. 당시는 꽉 짜인 틀에서 뽑혀 나온 듯한 아이돌의 전성시대였다. 음악적 주체로서 활동할 수 있는 아이돌을 제작한다면 시대정신에 맞을 것 같았다. 자신감도 있었다. 결국 다시 한 번 제작에 도전하기로 했다.

나는 소집 해제 이후인 2009년 '브랜뉴스타덤(Brand New Stardom)'이란 회사를 설립하고, 다시 신인 발굴에 나섰다. 이때 처음으로 아이돌 그룹을 준비해서 블락비를 데뷔시켰다. 멤버들의 개인 기량이 출중하고 발전 속도가 빨라서 장래가 무척 기대되는 팀이었다.

2012년 나는 커다란 기회를 맞이했다. 매니지먼트 업계의 일인자인 싸이더스(현 IHQ)의 정훈탁 대표가 인수 합병을 제안한 것이다. 정 대표는 조용필 선배의 매니저로 연예계에 입문해 자수성가했다. 정우성, 전지현, 장혁, god를 발탁한 스타 제조기로 통한다. 나의 제작 노하우에 정 대표의 매니지먼트가 더해지면 정말 큰일을 낼 수 있겠다고 생각했다.

당시 우리 회사의 취약점은 여전히 매니지먼트였다. 내가 한창 활동하던 시절에는 〈수요예술무대〉, 〈이소라의 프로포즈〉, 〈윤도현의 러브레터〉 같은 음악 프로그램에서 출연 요청이 들어왔는데, 아이돌은 주로 버라이어티 쇼에서 소비가 된다. 자연히 음악적 완성도보다는 끼와 외모, 기획사의 인맥이 중요해진다. 간극을 채우기 위해 다른 회사의 매니저들 사이에 끼어 방송사 간부나 피디와의 식사 자리에 따라다녔는데, 굉장히 소모적인 일이었다.

옛날부터 엔터테인먼트 업계는 매니저 출신이 세운 회사가 주도했다. 그런데 1990년대 후반부터 가수 출신 제작자가 전면에 등장하면서 매니저들의 경계심이 커지고 카르텔이 한층 공고해졌다. 사적으로 친하게 지내는 매니저들이 많았지만 그들과 나는 출신이 달랐다. 지금이야 오랜 기간 진솔한 만남을 이어 오면서 호형호제하게 된 매니저 출신 지인이 많지만, 당시만 해도 '가수 출신'이라는 딱지를 떼기가 쉽지 않았다.

3대 기획사(SM, YG, JYP)처럼 상장사가 되고, 걸어 다니는 기업 수준의 소속 가수가 생기면 기획사와 방송국의 관계가 역전된다. 방송 출연을 위해 영업을 할 필요가 없다. 오히려 여러 가지 요구 조건을 들어주지 않으면 소속 가수를 방송에 내보내지 않겠다고 배짱을 부리기도 한다. 물론 그런 기획사는 극히 일부에 불과하다. 대개는 매니저와 방송국 피디의 친소 관계에 의해 방송 출연이 결정된다. 자연히 회사 내에서 매니저의 권한이 강해지고, 제작자와 알력 다툼이 생기면서 매니저와 가수가 소속사를 떠나 독립하게 된다. 대부분의 회사가 이런 패턴을 반복한다. 나 또한 예외는 아니었다.

싸이더스와 합병 절차를 밟고 있던 2013년 1월, 전속 계약 분쟁이 터졌다. 블락비가 수익 정산이 제대로 되지 않았다며 전속 계약 효력을 정지해 달라는 가처분 신청을 제기했다. 방송 출연이 적었다는 불만도 나왔다. 사건의 배후에는 멤버들을 선동하고 부추긴 이들이 있었다.

연예계의 생리를 모르지 않지만 무척 허탈했다. 블락비가 데뷔하고 첫 1년간 벌어들인 돈이 한 달에 채 100만 원이 안 되던 때였다. 제작에 관한 경비로는 20억 원가량이 투자되었다. 그래도 버티고 버텨서 그 팀이 잘됐다. 우리끼리 '다음 앨범은 정말 A급이다. 빅뱅처럼 한번 해보자' 이런 자화자찬에 도취해 있는 상태에서 악재 중의 악재가 터진 것이다.

2013년 5월까지 소송이 이어졌다. 결국 소송에선 이겼지만 그 과정에서 일할 의지와 동력을 잃었다. 싸이더스와의 합병도 무산되었다. 신뢰가 깨진 상태에서 더 이상 얼굴을 맞대고 일하기는 어려웠다. 소송이 끝난 뒤 우리 회사의 이사가 독립해 신생 기획사를 차렸다. 나는 블락비에 대한 권한을 그 회사에 이양하고 매출의 일부를 받기로 했다. 유명 가수 중에는 매출이 높아도 제작비용과 유지비가 높아서 실제로는 밑 빠진 독에 물 붓기인 경우가 많은데, 이익 기준이 아닌 매출 기준으로 일정 비율을 가지고 가는 딜(deal)은 나에겐 '리스크 프리(risk free)'였다.

2013년 10월 나는 남성 13인조 힙합 그룹 탑독을 제작했다. 새 팀을 준비하는 동안 내 앨범도 발매했다. 마음을 다 잡고 활동을 재개했지만 싸이더스와 합병이 결렬된 일이 머리를 떠나지 않았다. 그 일만 잘 마무리되었으면 많은 것들이 달라졌을 것 같았다. 음악뿐만 아니라 영화, 드라마까지 아우르는 종합 엔터테인먼트 회사로 도약하고 싶었다. 그래서 두어 곳과 다시 합병 논의를 시작했고 2015년 그중 한 곳과 계약을 체결했다.

회사 합병은 처음 경험하는 일이었는데, 두 회사가 화학적으로 섞이는 부분이 숙제였다. 과거에는 '우리 다함께 단결

해서 열심히 합시다'라는 리더십이면 충분했지만, 합병 이후
엔 조직 융합에 시간을 쏟느라 크리에이티브 영역에 집중하기
힘든 상황이었다. 결국 이듬해 나는 경영 일선에서 물러났다.

두 가지 장애물

그들에겐 상식에 가까운 얘기였지만 나는 돈을 주지 않았다.
그런 돈을 주려면 비자금이 있어야 하고,
비자금을 만들려면 회계적인 문제가 수반될 수밖에 없다.
관행 수준이 아니라 범죄 행위가 되는 것이다.
그래서 단호히 거절했다.

엔터테인먼트 업계에 종사하면서 나는 몇 가지 관행을 바꾸고 싶었다. 실패로 끝나긴 했지만 나와 비슷한 생각을 가진 사람들이 꾸준히 문제를 제기했기에 적지 않은 변화가 있었다. 표준계약서도 바뀌었고, 제작자협회, 매니지먼트협회, 저작권협회가 자기 정화를 시도하면서 공정한 환경의 토대를 잡아 나갔다. 지난 20년을 돌아보면 더디긴 해도 조금씩 공정한 방향으로 나아가고 있다. 하지만 내가 바랐던 만큼 확 바꾸지는 못했다.

먼저, 방송 출연의 카르텔이다. 과거에 비해 많이 개선되었지만 여전히 암암리에 카르텔이 존재한다. 방송에 자주 출연하려면 매니저와 피디의 관계가 돈독해야 한다. 일개 회사나 개인이 저항해 바꾸기는 어렵지만 나는 한번 부딪쳐 보기로 했다.

브랜뉴스타덤을 설립한 직후의 일이다. 소속 신인을 방송에 내보내기가 여간 어렵지 않았다. 한창 가수로 활동할 때는 방송 관계자의 기분이 상하지 않도록 출연 요청을 완곡히 거절하느라 애를 먹었는데, 제작자가 되니 상황이 완전히 바뀌었다. 방송국 복도를 다니며 피디들에게 신인을 소개하면

핀잔이 돌아왔다.

"예전에 조PD 나오랄 때는 안 나오더니, 너희 신인이 나왔다고 이제 와서 출연시켜 달라고? 안 돼."

방송 출연이 어렵게 되자 일부 매니저가 내게 홍보비로 수천만 원이 필요하다고 했다. 명확한 사용처 없이 그 돈을 두루 활용해 방송 출연에 도움을 받자는 얘기였다. 그들에겐 상식에 가까운 얘기였지만 나는 돈을 주지 않았다. 그런 돈을 주려면 비자금이 있어야 하고, 비자금을 만들려면 회계적인 문제가 수반될 수밖에 없다. 관행 수준이 아니라 범죄 행위가 되는 것이다. 그래서 단호히 거절했다.

회사 대표인 나로선 당연한 결정이었지만 방송 출연이 최우선인 소속 가수들은 여기에 불만을 품었다. 그 뒤부턴 뻔한 이야기다. 연습도 할 만큼 했고 능력도 모자라지 않은데 나는 왜 TV에 못 나가냐고 매니저에게 따진다. 그러면 매니저는 대표가 돈을 안 주니 도리가 없다고 말한다. 이 과정이 반복되면 가수와 제작사 사이에 골이 깊어지고 결국엔 곪아 터진다.

음원 유통사의 선급금 관행도 개선이 시급하다. 다른 분야에선 보기 힘든 거래 방식인데, 쉽게 말해 밭떼기를 생각하면 된다. 제작사가 아직 만들지 않은 노래의 음원 유통권을 로엔(멜론), KT뮤직(지니), CJ E&M(엠넷) 같은 유통사에 주면, 유통사는 평가를 거쳐 선급금을 지급한다. 수천만 원에서부터 몇억 원에 이르기까지 한다. 제작사는 그 돈을 가지고 작업에 착수한다. 언뜻 보기에 열악한 음악 시장을 위해 선금을 지급하는 좋은 관행 같지만, 이러한 선급금 계약의 유통 수수료가 25퍼센트에 달한다. 대부업의 법정 최고 이자율이 27.9퍼센트라는 점을 감안할 때 엄청난 수준이다.

자본이 넉넉한 기획사 몇 곳을 제외하고는 선급금 구조에서 자유롭지 못하다. 현재의 선급금 산정 기준으로 음원 차트에 있는 곡들을 전부 입도선매한다고 가정하면 수백억 원이면 충분하다. 일개 제작사 입장에선 막대한 금액이지만 산업 전체로 보면 결코 큰 액수가 아니다. 건설이나 금융 산업의 1000분의 1 정도에 해당하는 금액이면 음원 시장의 대부분을 차지하는 음원 차트가 일거에 정리되는 것이다.

유통사의 판매 수수료도 지나치게 높다. 과거에 CD나 테이프를 발매할 때는 음반사 수수료가 13퍼센트였다. 그때는 물류와 배송 같은 유통을 전부 맡는 조건이었다. 그런데 지금은 디지털 음반이라 유통비가 거의 들지 않는다. 가끔 사이트를 리뉴얼하고 서버만 정비하면 되는데, 음원 수익의 40퍼센트나 떼어 간다. 그러니 유통사만 배를 불리고 제작사는 굶어 죽는다는 소리가 나온다. 최근 언론 보도에 따르면 2017년 상반기에 볼빨간사춘기의 노래가 2억 건 넘게 스트리밍이 되었지만 그들의 수입은 고작 7000만 원이었다.

모름지기 콘텐츠 회사라면 유니버설이나 워너, EMI처럼 장기적인 관점에서 투자해야 문화가 융성하는데, 우리나라의 음악 유통 시장은 첫 단추부터 잘못 꿰었다. 전부 1990년대 후반 핸드폰 컬러링 시장의 태동과 함께 음악 비즈니스에 뛰어들었다. 지금은 카카오가 인수했지만 로엔도 원래는 SKT의 손자회사였다. KT뮤직은 KT의 자회사이고, LG유플러스는 KT뮤직의 2대 주주다. 모두 이동통신사를 운영하는 회사다. 애초에 핸드폰 데이터 패키지에 서비스 상품으로 끼워 주려고 음원 사업을 시작한 것이다. 유니버설처럼 음악에 뿌리가 있는 회사가 아니다 보니 콘텐츠에 대한 열정이나 장기 비전에서 아쉬운 면이 있는 것도 사실이다.

여기에 문제의식을 가진 사람들은 블록체인 기술을 활용해 탈중앙화된 유통 플랫폼을 구축해야 한다고 주장하고 있다. 중개사, 유통사를 거치지 않고 가수와 소비자를 직접 연결하는 방식을 채택하면 보다 투명하고 공정한 거래가 가능하다. 실제로 외국에선 이더리움(Ethereum · 블록체인 기술을 기반으로 한 가상화폐)을 통해 음원을 거래하는 유조뮤직(Ujo Music), 뮤즈(Muse) 같은 플랫폼이 나타나고 있다. 물론 음원 시장의 불공정성은 기술적 문제에만 기인하지는 않는다. 관행적인 밀어내기, 기획사의 의도적인 사재기, 팬덤의 자발적인 사재기, 낮과 밤이 다른 실시간 차트 순위(팬클럽 회원들이 응원하는 가수의 신곡을 1위로 만들기 위해 이용자가 적은 심야 시간에 같은 곡을 반복 재생해서 생기는 현상이다)도 해결해야 할 숙제다. 요약하자면 관행 근절, 차트 정책 개선, 블록체인 같은 신기술이 모두 작동할 때 새로운 음원 시장이 열릴 것이다.

아버지가 된다는 것

아내와 처가 눈치까지는 그럭저럭 넘길 만한데
아이는 완전히 다른 차원이다.
아이가 생기니 생활 패턴이 달라지고,
생활 패턴이 달라지니 생각하는 방식이 달라진다.
자연히 음악에 영향을 미칠 수밖에 없다.

래퍼도 나이를 먹는다. 삐딱한 시선으로 세상을 꼬나보다가 어느 순간 가정을 꾸리고 아버지가 된다. 미국의 전설적인 래퍼 닥터 드레의 일화다. 닥터 드레는 거칠고 무자비한 가사로 유명했는데, 평범한 여자와 결혼한 뒤 순둥이가 되었다. 결혼 이후 발매한 앨범의 타이틀곡 제목이 〈빈 데어 던 댓(been there done that)〉이었다. 직역하면 '나도 겪어 봐서 알아'인데, 갱스터 활동은 진작 다 해봤으니 이제 그만두고 가정적인 남자로 살겠다는 선언이었다. 힙합의 대부답게 작품성은 여전했지만 상업적으론 쫄딱 망했다.

그러자 아내가 닥터 드레에게 일침을 날렸다.

"사람들이 좋아하는 건 당신의 더러운 모습이야. 그게 직업인 걸 어쩌겠어. 그렇다고 나한테 '비치(bitch · 암캐라는 뜻으로 여성에게 쓰는 영어 욕설)'라고 해선 안 돼. 그런 건 밖에 나가서 하라 이거야."

그 뒤 닥터 드레는 원래 모습인 무자비한 '갱스터 래퍼'로 돌아왔다. 백인 래퍼 에미넴을 제작하며 다시 정상에 오른다.

입이 거친 래퍼들은 결혼 이후 침체기를 겪곤 한다. 자식 눈치 보고 처가 식구 눈치 보느라 해야 하는 걸 못하는 경우가 더러 있는데, 까딱하다가는 팬들이 열광했던 요소를 놓치기 쉽다. 그런 면에서 직업에 대한 확고한 프로 의식이 있어야 한다. 그렇지 않으면 주변의 시선에 위축되고 만다. 또래 래퍼들끼리 만나면 하는 소리가 맨날 그거다.

"형, 결혼한다고 음악 변하지 말고 더 독하게 하면 좋겠어."

내가 결혼할 때 싸이가 말했다. 그랬던 싸이 역시 결혼 직후 나온 앨범은 싸이답지 않게 착했다. 하지만 이내 원래 스타일로 돌아갔다. 대중이 바라는 싸이의 모습은 아버지 싸이가 아니라 딴따라 싸이였기 때문이다. 나도 싸이도 진표도 결혼하고 아이를 낳았지만 음악만큼은 기존 노선을 고수하기로 약속했다.

그런데 아무리 다짐을 해도 총각 시절과 똑같은 감성을 내기가 쉽지는 않다. 의지는 충만한데 몸과 마음이 따라 주지 않는다고 할까. 아내와 처가 눈치까지는 그럭저럭 넘길 만한데 아이는 완전히 다른 차원이다. 아이가 생기니 생활 패턴이 달라지고, 생활 패턴이 달라지니 생각하는 방식이 달라진다. 자연히 음악에 영향을 미칠 수밖에 없다.

먼저 아내 얘기부터 해야겠다. 아내를 처음 만난 건 내가 고등학교 1학년 때였다. 아내는 나보다 한 학년 아래였다. 1년간 만났다 헤어졌다 반복하다가 내가 다른 학교로 전학을 가면서 연락이 끊겼다. 그렇게 10여 년이 흘렀다. 한국에 돌아와 2004년 연말 고등학교 동창회에 참석했다. 그곳에 아내가 있었다.

이전까지 교제했던 사람들은 조중훈이라는 사람이 좋아서 만난다기보다 내가 가수라서, 연예인이라서 만나는 느낌이었다. 나 역시 덜 여물었던 때라 '네가 나를 그렇게 생각한다면 나도 너를 그렇게 생각할게' 이런 식으로 가벼운 만남을 이어 갔다. 그런데 어린 시절의 추억이 있어서인지 아내와는 사람 대 사람으로 만날 수 있었다. 우리는 동창회에서 재회하고 얼마 지나지 않아 결혼했다. 2005년 3월이었다.

결혼 직후 아이가 들어서는 바람에 신혼 생활은 길지 않았다. 그마저도 집들이 준비로 정신없이 보냈다. 집들이 때마다 적어도 열댓 명씩은 모였는데, 그걸 열 번 넘게 했다. 수백 명분의 음식을 만들고 나르고 치우다 보니 열 달이 훌쩍 지나갔다. 게다가 손님들도 보통내기가 아니었다. 싸이는 하도 취해서 아파트 화단에 신발을 벗어 놓고 잤다. 말하자면 아이가 태어나기 전까지는 거의 총각 시절과 다름없는 삶이었다. 그리고 2006년 1월 첫째가 태어났다. 이후로 많은 것이 바뀌었다.

아이가 태어나기 이전과 이후는 완전히 달랐다. 모든 면이 달라져서 어떤 부분이 달라졌다고 말하기도 힘든 정도다. 나는 완전히 정반대의 사람이 되었다. 보통 샐러리맨처럼 아침에 출근해 저녁에 퇴근하는 삶이 시작되었다. 총각 시절부터 아이를 좋아했는데, 내 아이가 생겼으니 오죽할까. 아이가 보고 싶어서 집에 일찍 들어갔다. 그런 보편적인 삶의 방식을 택하게 되었다. 생활 방식이 바뀌면 만나는 사람들까지 바뀐다. 밤에 쏘다니면 밤귀신들만 만나지만, 이제는 주행성(晝行性) 사람들 위주로 만난다. 술 약속이 있어도 후딱 먹고 집에 들어가게 된다.

아이들은 비 온 다음 날 고사리처럼 쑥쑥 자란다. 일찍 결혼한 친구들은 자녀가 벌써 대학생이다. 그때가 되면 자기 일정이 바빠서 부모와 놀아 주지 않는다. 나 역시 중학생이 된 뒤부터 내 생활의 중심은 나였다. 역산해 보면 아이들과 어울릴 수 있는 시간이 얼마 없는 셈이다. 처음 음악에 빠졌을 때처럼 육아 역시 마음이 급하다. 시간에 쫓긴다. 아이에게 아빠와 엄마가 세상의 전부일 때 하나라도 더 좋은 추억을 만들어 주고 싶다.

3장

창조는 권위를 부수고 탄생한다

PC통신으로 데뷔하다

음반 시장을 좀 아는 분들은
가사를 완화해서 앨범을 내는 것이 어떻겠냐고 하셨죠.
음악 비즈니스는 18세 미만이 좌우하는 시장이니까요.
하지만 특정 대목을 삭제하거나 수정한 음반은
의미가 없다고 생각했어요.

편집부 가수 데뷔가 파격적이었습니다. 당시 얘기를 들려주세요.

조중훈 1997년에 한국에 잠깐 들어왔을 때 레코드사를 다니면서 음반 출시를 알아봤어요. 다들 랩이 너무 많고 가사가 세다면서 그 부분을 고치면 검토해 보겠다고 했어요. 반쪽짜리 가능성만 확인하고는 다시 미국에 돌아와 작업을 재개하던 중에 친구가 제 음악을 듣게 됐어요. 너무 좋다는 거예요. 그때가 1998년 가을이었어요. 파슨스를 그만두고 버클리 음대로 옮겨서 막 1학년에 들어갔을 때였죠. 당시 PC통신이 유행이었는데, 요즘으로 치면 포털 사이트 같은 거예요. 그 친구가 거기에 오피니언 리더들이 많이 접속한다면서 나우누리 게시판에 제 곡을 올렸어요.

편집부 어떤 곡이었죠?

조중훈 순서는 좀 가물가물한데, 〈브레이크 프리〉나 〈이야기 속으로〉 둘 중 하나를 먼저 올렸어요. 그런 다음 이듬해 나오게 될 1집 앨범의 수록곡을 순차적으로 다 올렸죠.

편집부 그때부터 조PD라는 예명을 쓰셨는데 어떤 뜻입니까?

조중훈 1996년에 작곡가로 활동할 때는 NYPD라는 이름을 썼어요. 특별한 의미는 없었어요. 뉴욕에 사는 작곡가니까 단순하게 뉴욕 프로듀서라고 이름을 지었어요. 그때 함께 음악 하던 친구들과 한 팀이라고 생각했는데, 다른 친구들이 U.R.I.라는 팀으로 데뷔하는 바람에 저 혼자, 그러니까 PD 혼자 남은 거라서 조PD로 바꾼 거예요.

편집부 PC통신에서 반응이 엄청났죠?

조중훈 바로 반응이 쭉쭉 올라왔어요. 저희 집엔 인터넷이 없었기 때문에 비디오테이프에 제 음악을 넣어서 친구에게 갖다주면 그 친구가 업로드를 했어요. 그사이 저는 다시 집에 와서 또 작업하고, 신곡이 나오면 다시 갖다 주고. 그렇게 몇 번 왔다 갔다 했는데, 게시판에 댓글이 막 달리는 거예요. 곡을 올리고 나서 일주일 만에 몇 만 건이 다운로드가 됐는데, 사실 그게 어떤 의미인지 그때는 잘 몰랐어요.

편집부 당시 언론의 관심도 상당했던 걸로 기억합니다.

조중훈 김어준 씨가 운영하던 딴지일보에 소개되면서 매체를 타기 시작했어요. 그 뒤로 경향신문, 동아일보 사회면에 소개가 되었고, MBC, KBS 뉴스에도 나왔어요. 그러면서 앨범을 낼 수 있는 상황이 조성되었죠.

편집부 신인 가수의 데뷔 소식을 문화면이 아니라 사회면에서 전했다는 게 인상적입니다.

조중훈 PC통신 유저들은 음악 자체를 좋아했지만, 매스컴에선 곡이 유통된 방식이나 노랫말에 주목했어요. 일단 가사가 셌어요. 단어 하나하나가 좀 자극적이었죠. 단어 선택만큼이나 주제도 달랐어요. 사랑 얘기는 거의 없었어요. 교육 문제나 청소년 문제처럼 제 평소 생각을 다양하게 풀어냈기 때문에 사람들이 신기해했죠.

편집부 PC통신에 올린 곡들을 모아서 1집을 발매했을 때 한국 음반사 최초로 청소년 유해 매체물 판정을 받았습니다.

조중훈 그땐 규제가 심했어요. 머리 염색을 하면 공중파 출연이 안 될 때였으니까요. 지금은 상상도 못하겠지만 청소년들의 정서에 해롭다고 연예인에게 선글라스도 못 끼게 했어요. 배꼽티, 슬리퍼도 규제 대상이었어요.

편집부 그런 사회 분위기 속에서 '차라리 CD 앞에 써버리지 뭐 이렇게 욕 들어 있음. 사는 건 소비자가 알아서 해야 할 판단이라는 말씀'이라면서 방송 관계자를 정면으로 비판하는 가사를 쓰셨는데.

조중훈 문화와 예술에 대한 검열이 너무 심하다고 생각했어요. 〈브레이크 프리〉 가사에도 썼지만 아무 맥락 없이 욕만 해댄다면 몰라도 필요한 경우라면 가사에 욕을 넣을 수도 있어야죠. 영화에선 욕이 나와도 괜찮은데, 노래만 안 된다는 건 앞뒤가 안 맞잖아요. 그래서 정면으로 부딪쳐 볼 작정이었어요.

편집부 주위에서 말리진 않던가요? 결과적으론 성공한 실험이 되었지만, 당시 사회 분위기를 감안할 때 무모한 행동이라는 평가가 있었을 것 같은데.

조중훈 음반 시장을 좀 아는 분들은 가사를 완화해서 앨범을 내는 것이 어떻겠냐고 하셨죠. 음악 비즈니스는 18세 미만이 좌우하는 시장이니까요. 하지만 특정 대목을 삭제하거나 수정한 음반은 의미가 없다고 생각했어요. '청소년 청취 불가'라는 딱지가 붙더라도 그대로 내고 싶었어요. 가사에 담긴 욕설을 문제 삼는 기성세대를 꼬집는 곡이라서 욕을 빼면 내용 전달이 아예 안 되거든요.

편집부 가사 내용도 파격적이었지만, 어투도 남달랐습니다. 가사가 거의 대화체였어요. 가사의 단어 선택, 대화체, 노래의 주제, 모든 것들이 파격적 데뷔를 위해 계산된 것이었나요?

조중훈 그렇지는 않아요. 아마 미국 생활을 하며 받은 영향 같아요. 밥 딜런의 가사를 보면 굉장히 시적이에요. 억지로 꾸민 티가 없어요. 가사를 위한 가사가 아니죠. 마찬가지로 제 랩은 제가 쓰던 언어와 문맥이 비슷했어요. 제 말투를 그대로 담은 거죠. 당시 한국 뮤지션들은 영어와 한국어의 어순이 달라서 랩을 구사할 때 어려움을 겪었어요. 'I like an apple'이란 문장을 예로 든다면, 영어는 명사로 문장이 끝나요. 반면 한국어는 '~한다'로 끝나니까 라임을 맞추는 데 한계가 있다고 생각했죠. 그런데 저는 문장을 중간에 끊어서 단어로 끝냈어요. 호흡을 잘 조절하면 의미 전달이 충분히 가능하거든요.

편집부 독립 레이블을 설립한 뒤 예당음향과 함께 1집 앨범을 발매했는데, 대형 음반사와 전속 계약을 맺는 편이 더 간단하지 않았나요?

조중훈 사실 그게 편하죠. 하지만 그러면 음반사에서 요구하는 이미지나 콘셉트를 따를 수밖에 없어요. 예컨대 유승준이 인기면 유승준의 대체재로 들어가는 재료가 되는 거예요. 결국 그들이 정한 틀 내에서만 활동하는 거죠. 그건 아니라고 생각했어요. 더구나 그땐 무척 어렸으니까요. 어릴 땐 다들 꿈이 있잖아요. 큰 회사에 들어갈 생각보단 큰 회사를 만들 생각을 먼저 하죠. (웃음)

편집부 당시 독립 레이블은 흔치 않았을 텐데요.

조중훈 맞아요. 1998년 겨울에 사업자 등록을 했는데, 작은 규모의 레이블은 제가 아는 한은 없었어요.

편집부 2000년대 초반부터 힙합 레이블이 쏟아져 나왔지요.

조중훈 그 전까지는 힙합이란 장르가 한국에서 통한다는 확신이 없었던 거죠. 그러다 하나둘 되는 걸 보니까 그때부턴 많이 나왔어요. 본의 아니게 제가 방아쇠 역할을 했는데, 저야 이미 직감하고 있었기 때문에 누구보다 빨리 제 레이블을 차려서 앞서 나가고 싶었어요.

편집부 1집은 얼마나 나갔습니까?

조중훈 그땐 집계 시스템이 정교하지 않아서 확실히는 모르겠어요. 그래도 50만 장쯤은 나간 걸로 알아요.

편집부 수익 분배는 어떻게 됩니까?

조중훈 예당음향과 50 대 50으로 벤처를 설립했는데, 매출 지분도 50퍼센트였어요. 수입의 반은 제 몫이었죠. 비용을 제하고 50 대 50이 아니라, 제작비는 제가 부담하고 홍보비는 예당에서 부담하기로 했어요. 그러니 장난칠 게 없었죠.

편집부 그래서 총수익은 얼마였죠?

조중훈 출고가 기준이냐 판매가 기준이냐에 따라 달라요. 또 매장마다 가격이 조금씩 달라서 복잡한 구조인데, 단순 계산을 하자면 CD 한 장에 1만 원이니까 50만 장이면 50억 원이죠. 거기서 유통 수수료 13퍼센트를 제하면 42억 원이에요. 그걸 반씩 나누면 21억 원 정도겠네요.

편집부 전속 계약을 했다면 수입이 얼마나 됐을까요?

조중훈 중견 가수는 좀 다르지만, 1집 가수 기준으론 수입이 장당 100원, 150원 이랬어요. 100원으로 치면 50만 장이 팔려도 가수 수입은 5000만 원이죠. 오죽하면 예전에 어떤 가수가 대형 기획사를 나와서 그 회사를 디스하면서 '20원짜리 인생 불

쌍하지도 않냐'라는 랩을 했어요. 그땐 다 그랬죠.

편집부 요즘으로 치면 유튜브를 통해 가수가 되신 셈인데, 성공 요인이 뭐였을까요? 운일까요? 아니면 실력?

조중훈 운이 좋았다는 건 부정할 수 없는 사실이에요. 실력은 제가 평가할 부분은 아닌 것 같고. 그런데 운도 실력도 사람마다 평가가 달라요. 그런 면에서 제 데뷔가 다른 가수의 데뷔와 구별되는 지점은, 데뷔하는 방식이었던 것 같아요. 저는 기존 시스템대로, 정석대로 따르지 않았어요. 지금도 만만치 않지만 그때 연예계는 정말 폐쇄적이고 권위적이었어요. 데뷔하면서 제작과 유통까지 직접 맡는다는 건 이례적이었죠. 그런 면에서 가치 있는 도전이었다고 스스로 자부심을 가져요.

편집부 요즘 엔터테인먼트 시장에서도 그런 도전이 통할까요?

조중훈 지금이야말로 틀을 깨는 도전이 필요한 시점이에요. 저는 PC통신이라는 도구를 사용해서 데뷔했어요. 도구는 늘 바뀌어요. 실력에 대한 평가도 바뀌는 거예요. 트렌드에 따라 주관적, 객관적 평가가 분분하니까요. 하지만 시스템은 어지간해서는 바뀌지 않아요. 제가 한창 활동할 때는 연예계가 제작사 중심으로 돌아갔지만, 이제는 〈슈퍼스타K〉, 〈쇼미더머니〉 같은 프로그램이 성공하면서 대기업 시스템이 공고해지고 있어요. 개별 활동을 하던 아티스트까지 방송에 종속되고 있죠. 이런 상황에선 새로운 도전이 더욱 빛을 발하지 않을까 생각해요.

편집부 시청자 입장에선 생각하지 못했던 부분이네요. 힘의 중심이 이동하고 있으니 업계 관계자들도 고민이 많겠습니다.

조중훈 요즘 젊은 매니저나 음반사 직원들과 대화하다 보면 다른 분야로 이직을 고민하는 사람들이 많아요. 음반 시장이 대기업, 방송사 주도로 골목상권 점령하듯 진행되니까요. 2017년에 CJ 산하 Mnet 프로그램 〈프로듀스101〉의 성공과 그 결과물인 워너원에 의해 기존 기획사 시스템이 완전히 무력화됐어요. 십수 년 고생해서 차근차근 올라가면 언젠가 제작자가 되어 꿈을 펼칠 수 있다고 생각한 이들의 염원이 사라져 버린 거죠. 결국 언제 잘릴지 모르는 대기업의 소모품이 되는 것만이 젊은 음반 산업 종사자의 운명이라면 누구도 음반 산업에 자신의 젊음을 바치려 들지 않을 거예요.

4차 산업 시대, 제조업 사고방식

당신이 하는 일의 방향이 크든 작든 오늘도 변화했는가.
이 물음에 그렇다고 답할 수 있어야 한다.
그렇지 않다면 아무리 창조적인 일을 한다고 해도
여전히 20세기 제조업 사고방식에 머물러 있는 것이다.

엔터테인먼트 업계에서 일하다 보니 이따금 이런 질문을 받는다.

"창조적인 작업은 어떻게 일어나죠?"

질문하는 이도 제각각이다. 연예계와 전혀 상관이 없는 샐러리맨, 변호사, 회계사 같은 사람들이다. 더러는 학생, 학부모도 있다. 최근 화두인 4차 산업 혁명 시대에선 창의성이 경쟁력이라고 하니, 비교적 창의적인 분야인 연예계에서 힌트를 얻으려는 목적이다. 그때마다 나는 음악 비즈니스의 작업 과정을 얘기하기 전에 산업 구조의 변화부터 입에 올린다. 최근 10년간 수렵·채집 사회에서 농경 사회로 넘어간 것만큼이나 큰 변화가 있었기 때문이다.

4차 산업은 지식 기반 산업을 뜻한다. 4차 산업 혁명은 인공지능, 로봇, 사물 인터넷, 무인 자동차, 드론, 3D 프린터, 나노 기술, 가상현실, 증강현실 같은 기술 혁신에 의한 혁명을 의미한다. 거창해 보이지만 간단히 말하면 우리가 사용하는 대부분의 IT 서비스가 여기에 해당한다. 하루에도 수십 번씩 접속하는 페이스북, 구글, 네이버, 카카오톡이 바로 여러 정보통

신기술(ICT)이 융합된 4차 산업인 것이다. 2차 산업인 제조업과 4차 산업은 일하는 방식과 생각하는 방식이 완전히 다르다.

먼저 업의 물적 조건부터 딴판이다. 제조업은 공업 입지론이 따로 있을 만큼 공장 설비가 중요하다. 제조업은 생산 설비를 한번 들여놓으면 여간해선 제품 사양을 바꾸기가 쉽지 않다. 애초 계획에서 조금이라도 틀어지면 막대한 예산이 소요된다. 그래서 제품 생산 이전에 치밀한 연구와 소비자 조사가 선행되어야 한다. 최선이라 판단되는 도면이 나오면 그에 적합한 생산 라인을 구축하고 비로소 제품 양산에 들어간다.

전자회사에 다니던 지인에게 들은 얘기인데, 몇 년 전 그 회사의 디자인 부서에서 혁신적인 핸드폰 디자인을 고안했다고 한다. 그런데 기존의 제품 생산 라인을 갈아엎지 않고는 만들 수 없는 형태라 결국 폐기되고 말았다. 자동차 업계도 마찬가지다. 신형 모델 출시 후 전조등 디자인이 별로라는 소비자 의견이 빗발쳐도 어쩔 도리가 없다. 덩치가 크고 딸린 식구가 많아 제품의 사후 개선이 쉽지 않은 제조업에선 대신 생산 공정을 고도화해 생산성을 높이거나 제품 불량률을 낮추는 데 집중한다. 그리고 완제품을 홍보하고 판매하는 데 많은 비용을 투입한다. 한때 열풍이었던 식스 시그마(six sigma · 100만 개 제품 중 3~4개의 불량만을 허용하는 품질 혁신 운동) 역시 제조업에 초점을 맞춘 전략이다.

반면 4차 산업의 핵심은 사람이다. 앱을 예로 들자면 앱 개발에 가장 중요한 요소는 기획자, 개발자, 디자이너다. 컴퓨터 성능이 뛰어나거나 사무실 입지가 좋다고 더 훌륭한 앱을 개발하는 것은 아니다. 제조업이 제품 중심으로 사고한다면, 4차 산업은 고객 중심으로 사고한다. 소비자의 작은 불만 하나까지 반영해서 서비스를 개선한다. 가령 일정 공유 앱에 댓글 기능을 넣어 달라는 요구가 있으면 며칠 연구해 해당 기능을 삽입하고, 초기 화면이 예쁘지 않다는 지적이 반복되면 또 며칠 궁리해 첫 화면을 교체한다. 부가 기능을 하나씩 추가하다 보면 처음과 완전히 다른 앱이 나오기도 한다.

2007년 미국 청년 세 명이 실리콘밸리에서 사업을 벌이려고 샌프란시스코의 아파트를 임대했다. 사업 아이템은 정하지 않은 상태였다. 그때 마침 샌프란시스코에 유명한 디자인 컨퍼

런스가 열렸다. 호텔마다 방이 꽉 찼다. 셋은 생활비를 벌기 위해 아파트에 간이침대 세 개를 놓고 여행객에게 빌려줬다. 숙박 공유 플랫폼 에어비앤비의 시작이다. 기존 호텔 업체가 숙박 체인을 늘리기로 했다면 부지부터 매입했을 것이다. 현재 에어비앤비의 기업 가치는 300억 달러로 힐튼그룹보다 높다.

4차 산업과 제조업은 사업의 발전 방향이 근본적으로 다르다. 시장을 충분히 예측하고 — 예측했다고 오판하고 — 준비해서 제품을 생산하는 것과 고객의 니즈에 따라 끊임없이 서비스를 개선해 나가는 것에는 어마어마한 차이가 있다. 신발 공장이든 앱 회사든 창의성이 필요하지 않은 사업은 없지만, 고객의 반응에 유연하게 대처하고 업의 방향을 즉각 전환하는 것이 4차 산업의 특징이다.

4차 산업 혁명 시대를 사는 개인이 주목해야 하는 지점이 바로 여기다. 당신이 하는 일의 방향이 크든 작든 오늘도 변화했는가. 이 물음에 그렇다고 답할 수 있어야 한다. 그렇지 않다면 아무리 창조적인 일을 한다고 해도 여전히 20세기 제조업 사고방식에 머물러 있는 것이다.

창조에서 파괴까지

나는 숱한 시행착오를 겪으며 1~3기를 지나 4기로 향하지만,
젊고 능력 있는 친구들은 곧바로 4기로 와야 한다.
기성 시스템이 요구하는 수준의 파격에 그쳐서는 안 된다.
우리에겐 다른 대안이 필요하다.

화려한 옷차림, 자유분방한 모습, 불규칙한 생활 패턴 덕분인지 몰라도 엔터테인먼트 업계는 매 순간 창조적인 작업이 일어나는 곳으로 비친다. 물론 보기 드문 창조성을 지닌 아티스트도 적지 않지만, 이곳 역시 산업계의 한 부분이다. 효율과 이익을 따지지 않을 수 없다. 일반 대중은 무한한 가능성이 열려 있는 백지 상태에서 창조가 일어난다고 여기지만, 실제 연예계의 창조성은 수많은 제약에서 비롯한다.

나의 음악 활동은 크게 3기로 나누어진다. 1990년대 후반부터 2000년대 초반까지가 1기다. 그때는 가사나 악보도 없이 바로 녹음하는 경우가 많았다. 상업적인 스튜디오에서 시간당 비용을 지불하며 작업하는 것이 아니라 골방에서 혼자 녹음했기 때문에 별의별 시도를 다 해볼 수 있었다. 상업성이나 방송국 심의는 고려하지 않고 백지에 마음껏 그림을 그리던 시기였다. 대형 기획사의 연습생을 제외하고 일반적인 아티스트의 데뷔 전 시기에 해당한다.

제도권에 들어와 방송 활동을 했던 2000년대 초반부터 후반까지가 2기다. 이때는 여러 가지 제약 속에서 창작 활동을 펼쳤다. 우선 곡 작업에 고려할 요소가 많아졌다. 방송을 타기에 적합한 노랫말과 노래의 길이를 감안해야 했다. 노랫말에 비속어가 있거나 지나치게 길면 TV와 라디오 방송에서 틀어 주지 않기 때문이다. 노래 외적인 요소도 신경을 썼다. 방송국에서 출연을 결정하는 핵심 인물이 누구인지, 기자를 어떻게 응대해야 하는지, 평판을 어떻게 관리해야 하는지 하나씩 몸으로 익힌 시기였다.

직접 회사 운영에 나선 2000년대 후반부터가 3기에 해당한다. 만약 1기의 경험에만 안주해 있었다면 신인을 제작할 엄두도 못 냈을 것이다. 제작했다 해도 처참하게 실패했을 확률이 높다. 2기에서 제도권 경험을 쌓은 덕분에 음악 비즈니스에 안착할 수 있었다. 음악 산업을 조망하는 시야도 넓어졌다. 여러 가수를 제작하다 보면 우선순위가 생긴다. 한정된 자본으로 동시에 여러 명을 데뷔시킬 수는 없다. 지금 시장이 원하는 가수가 누구인지, 어떤 노래가 트렌드에 부합하는지 면밀히 따져서 데뷔 시점을 조율해야 한다.

무에서 유를 창조하는 작업은 상업적 논리가 개입하지 않는 1기 때 가장 많이 일어난다. 제도권으로 넘어가는 순간, 모든 것이 돈으로 환산된다. 한 번 실패하면 재기의 기회는 주어지지 않는다. 모든 위험 요소를 고려할 수밖에 없다. 겉으로는 화려하고 분방해 보이지만 실제 창작 과정은 건축가가 밤새 도면을 치듯 지루하기 짝이 없다. 곡조는 영감에 의해 삽시에 뽑히지만, 후반 작업은 그야말로 시간 싸움이다. 음표를 하나씩 찍어 제 위치에 갖다 놓고 완성도를 높이기 위해 밤을 새운다.

현란한 카메라 워크와 화려한 색감으로 예술의 경지에 오른 뮤직비디오가 나오면 일반 대중은 감독의 천재성에 박수를 보내지만, 나는 엉덩이의 무게에 박수를 보낸다. 뮤직비디오는 한 치의 오차도 없이 철저히 계산된 수학 공식에 가깝다. 카메라가 돌아가는 모든 순간이 전부 돈이다. 현장에서 즉흥적인 아이디어를 반영할 수 있는 구조가 아니다. 정해진 콘티 내에서 움직일 수밖에 없다. 뮤직비디오의 콘티는 단순히 촬영 가이드가 아니다. 인물의 세세한 움직임과 카메라 앵글이 모두 담긴 영상의 설계 도면이다. 현장의 경직성을 보완하기 위해 사전에 최대한 준비하는 것이다.

창조적인 작업은 어떤 면에서는 정신노동보다 육체노동에 가깝다. 자본의 한계, 현장의 변수, 촉박한 일정, 제작자의 입김 등 현실적인 제약도 따른다. 무수한 장애물 속에서, 제아무리 뛰어난 감독이라도 벗어날 수 없는 사각의 프레임 속에서 조금이라도 새롭게, 남다르게 하려는 노력이 엔터테인먼트 업계의 창작 과정이라 할 수 있다.

제약을 창조의 적이라 생각하는 것이 사회 통념이지만, 역설적으로 인간의 사고 능력은 무한하기 때문에 적당한 제약은 선택과 집중을 돕는다. 레오나르도 다빈치나 아인슈타인 같은 천재의 창조는 예외로 하더라도 보통 사람의 창조는 제약이 만든 몰입 환경에서 태어난다. 스티브 잡스가 우리의 일상을 바꾼 아이폰을 개발했을 때도 마찬가지였다. 전화를 걸고 받을 수 있고, 휴대가 간편하며, 대량 생산이 가능해야 한다는 기본적인 제약은 존재했다.

지금 나의 음악은 4기를 앞두고 있다. 1기가 진입, 2기가 학습, 3기가 변용이었다면 4기는 파괴에 가깝다. 나는 더욱 공고해진 음악 비즈니스의 기성 시스템 밖에서 창작자와 소비자가 직접 만나는 커뮤니티 플랫폼을 꿈꾼다. 그곳에서 새로운 음악이 탄생하고 교류하고 소비되는 과정을 상품화하면 어떨까. 예컨대 내가 기타 리프를 트랙에 올리면, 누구는 랩을 얹고, 누구는 드럼과 베이스를 얹는 것이다. 곡이 나오는 과정이 커뮤니티 내에서 평가되고 소비된다면 기성 시스템이 없어도 굴러갈 수 있다.

나는 숱한 시행착오를 겪으며 1~3기를 지나 4기로 향하지만, 젊고 능력 있는 친구들은 곧바로 4기로 와야 한다. 기성 시스템이 요구하는 수준의 파격에 그쳐서는 안 된다. 우리에겐 다른 대안이 필요하다.

음반 업계의 민주화와 뮤지션의 내공

용인의 한 아파트에 들어가서
평범한 노트북과 3만 5000원짜리 가정용 마이크,
컴퓨터를 살 때 끼워 주는 스피커로 곡 작업을 했다.
실력과 의지만 있다면 얼마든 좋은 곡을 만들 수 있다는 걸
증명하고 싶었다.

흔히 영화는 감독의 예술이라고 하지만 제작자, 투자자의 입김이 크게 작용한다. 감독의 구상과 다르게 제작자가 필름을 자르고 이어 붙여 완전히 다른 결말이 나온 영화도 있다. TV 드라마 역시 피디와 작가, 방송사 간부의 신경전이 보통이 아니다. 그럼, 음악계는 어떨까. 팀 작업보단 아티스트 단독 작업이 많아서 창의적이고 수평적인 분야로 짐작하는 사람들이 많지만, 오랫동안 음악은 제작자 1인 체제로 운영되어 왔다. 그야말로 천상천하 유아독존이다. 제작사 수장의 말 한마디에 앨범 콘셉트가 바뀌는 일이 허다했다.

최근 들어 조금씩 변화의 기미가 보인다. 과거 카르텔이 극심할 때는 PR 능력을 갖춘 매니저가 앨범의 콘셉트를 결정하고 타이틀곡을 선정했지만, 크리에이티브를 인정받는 프로듀서나 뮤지션이 나타나면서 업계의 분위기가 변하고 있다. 간단히 말해 빅뱅의 지드래곤 정도가 되면 제작자도 자기 마음대로 이래라저래라 할 수가 없다. 권위의 문제가 아니다. 아티스트의 고유한 분위기에 열광하는 팬덤이 있다면 굳이 제작자의 입장을 내세울 필요가 없다. 지금 시점에서는 아티스트 중심, 제작자 중심이 거의 반반인 것 같다.

유행가 공식에 따라 곡을 찍어내고, 소속 가수를 틀에 넣고 돌리는 시스템은 수명이 끝났다. 이미 너무 많은 문제를 노출하고 있다. 전속 분쟁, 팀 내 왕따 같은 마찰이 발생하기 때문에 과거처럼 찍어 누르는 방식은 많이 사라졌다. 10년 전만해도 소속 가수의 태도가 마음에 들지 않는다고 재떨이를 던지던 사람들이 이제는 어르고 달래고 보너스를 쥐어 주는 식으로 바뀌고 있다. 아직 갈 길이 멀지만 음반 업계도 서서히 민주화가 진행되고 있다.

그런 면에서 미국의 음반 업계는 선진적인 시스템을 갖추고 있다. 아니, 선진 시스템이라기보다 영리한 시스템이다. 미국 엔터테인먼트 회사의 수장은 거의 유대인이다. 수장은 전면에 나서지 않는다. 대신 닥터 드레나 제이 지 같은 스타플레이어를 앞세워 뒤에서 운영한다.

미국 제작사 수장에겐 특정 장르나 인물이 중요하지 않다. 힙합이 유행이면 힙합을 하고, 제이 지가 뛰어나다는 평판이 있으면 제이 지를 사장으로 발탁하면 그만이다. 루시안 그

레인지가 회장을 맡고 있는 유니버설 뮤직이 대표적이다. 먼저 유니버설이라는 거대한 레코드사가 있고, 그 안에 닥터 드레의 레이블이 있고, 그 아래 에미넴의 레이블이 있고, 또 그 아래 50센트의 레이블이 있다. 닥터 드레의 레이블 아래에는 또 다른 축인 켄드릭 라마의 레이블도 있다. 피라미드 구조에서 가장 큰 수익은 최상위에 자리한 유대인 수장에게 돌아간다. 이윤 창출이라는 기업의 궁극적인 목적을 달성하고 있으니 굳이 음악에 간섭할 필요가 없다.

제작 환경도 한국과 많이 다르다. 한국은 트렌드를 선도한다는 엔터테인먼트 업계마저 헝그리 정신과 스파르타에 익숙하다. 녹음실은 '프로' 단위로 대여하는데, 한 프로가 세 시간 반이다. 한 프로의 대여 비용은 30만 원 수준이다. 한 프로 동안 여러 곡을 녹음할수록 비용이 적게 드니까 최대한 빠르게 녹음한다. 한 프로에 30만 원이 거금은 아니지만 수십 명의 소속 가수가 '한 번 더'를 외치다 보면 회사 차원에선 부담스러운 금액이 된다. 실수가 반복되면 매니저가 인상을 쓰고 급기야 손찌검까지 한다. 요즘은 많이 사라진 풍경이지만 십수

년 전까지만 해도 그런 일들이 벌어졌다. 무대 위의 가수는 화려하지만 녹음실의 가수는 초라하다.

미국도 프로 단위로 계산하지만 일하는 방식은 완전 딴판이다. 녹음실을 대여한 뒤 그곳에 턴테이블을 가져와 즉석에서 트랙을 만든다. 우리처럼 다 만들어 와서 녹음만 후딱 하는 게 아니라 아예 녹음실에서 작업을 시작한다. 녹음실에서 트랙을 틀고 가사를 쓴다.

1996년 미국 뉴저지에서 U.R.I.의 데뷔 앨범을 녹음할 때였다. 당시 작업에 참여한 세션들의 면면이 대단했다. 그래미상을 받은 스파이로 자이라, 조지 벤슨과 함께 작업한 실력파였다. 뉴저지의 스튜디오에서 그들을 처음 만났다. 명성에 비해 무척 소탈했다. 등장부터 남달랐다. 당연히 고급 세단을 예상했는데, 한 세션은 가죽점퍼 차림에 등에 기타를 메고 오토바이를 타고 왔다. 트랙을 한 번 듣고는 열 번 정도 연주를 했다. 그러고 나서 시크하게 말하는 것이었다.

"열 개 중에 마음에 드는 걸로 써. 그럼 난 이제 갈게."

오토바이를 다시 타고 폴폴거리며 사라지는데 정말 기

가 막혔다. 열 개 모두 흠잡을 곳이 없었다. 그들은 고도로 훈련된 덕분에 레퍼토리가 금방 뽑힌다. 그러나 한국은 뮤지션의 내공과 관계없이 속성을 요구한다. 분하지만 제작 환경 못지않게 실력 차이도 엄연히 존재한다. 한국 뮤지션에게 한 프로의 시간을 주면서 곡 작업부터 녹음까지 마치라고 하면 제때 끝낼 수 있을까. 그 정도 수준의 가수가 정말 드물다. 가사를 준비해 와도 제시간에 녹음을 마치지 못하는 뮤지션이 태반이다. 노래를 부를 때도 마디마디 찍어서 부르기 때문에 음을 맞추려면 후반 에디팅 작업에 많은 시간이 소요된다. 풍부한 자본, 아티스트 중심의 제작 환경도 중요하지만, 물적 조건을 충분히 활용할 수 있는 실력부터 갖춰야 한다.

우리나라의 후진적 음악 제작 방식은 빈약한 자본과 서툰 실력이 한데 섞여 발생하는 문제다. 미국은 자금과 실력이 넉넉해서 뮤직비디오에 나오는 것처럼 녹음실에서 음악을 틀어 놓고 즉석에서 랩을 하지만, 우리 현실에선 녹음을 후다닥 끝내고 안무를 빨리 가르쳐 방송에 내보내야 제작비를 절감할 수 있다. 어떤 점에선 반대의 해석도 가능하다. 이토록 열악한 상황에서도 훌륭한 음악을 만들어 내는 뮤지션이 적지 않다. 비용 대비 효과를 따지면 미국보다 낫다고 할 수 있다.

여담이지만 고급 녹음 설비가 오히려 독이 되기도 한다. 녹음실 비용의 압박으로 경직된 음악이 나올 수 있다면, 차라리 고급 설비를 포기하고 집에서 자유롭게 작업하면 된다. 요즘 시판되는 녹음 장비의 수준은 1970년대 스튜디오보다도 낫다. 2004년에 〈친구여〉를 제작할 때 나는 일부러 구식을 택했다. 회사 건물에 멀쩡한 녹음실과 작업실이 있었지만, 1996년 밤마다 악기를 빌려 음악을 하던 시절이 그리웠다. 결정적인 계기는 소속 연습생에 대한 실망이었다. 음악에 전념할 수 있도록 많은 악기를 구비했는데, 그 좋은 스피커와 헤드폰으로 게임을 하는 것이었다. 아쉽고 서운한 마음에 용인의 한 아파트에 들어가서 평범한 노트북과 3만 5000원짜리 가정용 마이크, 컴퓨터를 살 때 끼워 주는 스피커로 곡 작업을 했다. 실력과 의지만 있다면 얼마든 좋은 곡을 만들 수 있다는 걸 증명하고 싶었다.

현실에 안주하는 순간 다음은 없다

언제든 바꿀 수 있어야 한다.
과거의 실패가 성공을 만들고,
과거의 성공이 실패를 만드는 분야가
엔터테인먼트 업계다.
현실에 안주하는 순간 다음은 없다.

음악 비즈니스는 여러 사람이 참여하는 공동 작업이다. 무대에 서는 사람은 단 한 명이지만, 한 사람을 무대에 올리기까지 많은 사람의 경험과 노하우가 동원된다. 사람마다 생각이 다르기 때문에 입이 있는 사람이라면 전부 한마디씩 한다. 조언을 하나둘씩 받아들이다 보면 곡의 콘셉트, 발매 시점, 심지어 멤버까지 교체되는 경우가 생긴다. 예술이라면 아티스트의 판단, 비즈니스라면 경영자의 판단에 따르겠지만, 음악은 예술과 비즈니스의 접점에 있는 분야라 모두가 만족하는 가치 판단을 내리기가 대단히 어렵다. 하나 마나 한 말이지만 사람마다 다르고 경우마다 다르다. 다만 서로의 전문 영역을 존중할 때 두 영역 모두에서 성공할 가능성이 높아진다.

음반 제작 과정을 크게 봤을 때 제작자는 선장이다. 제작은 음악 창작, 방송 출연, 마케팅뿐 아니라 사람까지 관리해야 하는 영역이다. 제작자가 모든 과정에 정통해서 다음 스텝을 명확히 지시한다면 실무자도 그걸 상사의 고집으로 받아들이지 않는다. 경험과 실력이 뒷받침되는 제작자가 충분히 고민하고 내린 결정이라면 당연히 구성원 전부가 따르고 동참한다. 제작자의 고집이 아니라 비전을 공유하는 행위인 것이다.

이수만, 양현석, 김광수, 정훈탁 같은 스타 제작자는 전체 관할이 가능하다. 밑바닥 경험부터 방송사 사장 독대까지 전부 경험한 사람들이라 엔터테인먼트 사업의 전 영역을 꿰뚫고 있다. 그러나 그들처럼 비전을 공유하는 제작자는 많지 않다. 많은 기획사들이 하루아침에 사라지는 이유가 여기에 있다. 내공 없이 자본만 믿고 뛰어들었다가 비전은커녕 고집을 피워가며 음반을 제작하는 바람에 실패하는 경우가 허다하다. 필생의 역작을 만들겠다고 앨범을 수없이 갈아엎는 제작자도 있고, 음악은 아무렇게나 대충 내고 홍보로 승부를 보겠다는 제작자도 있다. 어떤 제작자는 적지 않은 자금을 투자한 신인 앨범에 굳이 자신의 기타 반주를 넣겠다고 고집을 부리기도 했다.

나는 음악과 홍보를 똑같이 중요하게 생각한다. 아무리 음악이 좋아도 대중이 듣지 않으면 소용이 없다. 그러나 두 영역이 뒤섞이면 이도저도 아닌 결과가 나올 때가 많다. 그래서 나는 음악 작업을 단계별로 나눴다. 창작 과정에서는 홍보팀이 음악에 일절 관여하지 못하게 했다. 아예 매니저와 홍보팀이 녹음실에 들어오지 못하게 했다. 앨범 제작을 결정하면 유통 회사나 홍보 회사에서 어느 정도 만들어진 음악을 먼저 들려 달라고 요청하곤 한다. 그때 나는 싸워서라도 앨범 작업이 끝날 때까진 아무에게도 들려주지 않았다. 방향이 흐트러질 수 있기 때문이다. 관계자들이 들어와서 이런 음악이 잘 팔리고 저런 음악은 인기가 없고 한마디씩 하다 보면 배가 산으로 간다.

음악이 완성된 다음 마케팅 단계로 넘어가면 철저히 전문가들에게 맡겼다. 내부 직원과 외부 업체가 모여 회의를 통해 결정했는데, 그땐 회사의 대표인 내게도 발언권이 하나밖에 없었다. 내 직감을 못 믿는 것은 아니었지만, 홍보와 마케팅에 있어선 그들이 나보다 훨씬 전문가였다. 나 역시 구성원의 하나로 참여해 배우면서 일했다.

물론 내 방식이 정답은 아니다. 너무 안 들려주고 혼자만 작업하면 자기 시야에 갇힐 수 있다. 나와 반대로 여기저기 들려주는 프로듀서도 많다. 그들은 트랙이 조금만 나와도 앞으로 어떻게 진행할지 계속 묻는다. 혹시라도 조금 수정하자는 의견이 나오면 곧바로 반영한다. 스웨덴의 프로듀서인 맥스

마틴이 대표적이다. 브리트니 스피어스부터 마룬5, 테일러 스위프트, 위켄드까지 수십 년 동안 여러 가수의 이미지와 보컬에 맞는 노래를 기가 막히게 뽑아냈는데, 성공 비결은 간단하다. 충분한 사전 교감이다.

두 방식 중에 어떤 것이 더 좋은지는 모르겠다. 그러나 한 가지 분명한 사실은 내 뜻을 고수해 성공했든, 남의 의견을 받아들여 성공했든 과거 성공에 매몰돼선 안 된다. 언제든 바꿀 수 있어야 한다. 과거의 실패가 성공을 만들고, 과거의 성공이 실패를 만드는 분야가 엔터테인먼트 업계다. 현실에 안주하는 순간 다음은 없다.

권위를 부숴라

창조하는 방법은 간단하다.
권위 있는 것을 찾아서 전복하면 된다.
기성 시스템의 일부로서 그 안에서 도전을 벌이는 것이
훨씬 안정적이지만,
그만큼 위대한 진보를 이루기는 어렵다.

힙합은 권위를 부수고 탄생한 음악이다. 애초부터 권위를 인정하지 않으니 자연히 권위에 휘둘리지 않는다. 신인 래퍼가 닥터 드레나 팀발랜드에게 트랙을 달라고 졸라서 어렵게 받았더라도 맘에 안 들면 대놓고 디스(무례함을 뜻하는 disrespect의 준말로 상대를 공격하는 힙합의 문화다)한다. 상대의 지위나 명성을 따지지 않는다. 레이블의 수장이라 해도 예외는 없다. 힙합의 대가들이 피라미들의 거절을 받아들이는 자세도 인상적이다. 굴욕은커녕 에이, 하고는 곧바로 다른 래퍼에게 곡을 넘겨 히트시킨다. 아직 우리나라에선 보기 드문 광경이다.

힙합은 태동부터 그랬다. 가장 대표적인 예가 1987년에 결성된 N.W.A와 퍼블릭 에너미다. N.W.A는 닥터 드레가 있던 팀인데, 팀명부터 '성깔 있는 흑인들(Niggaz Wit Attitudes)'의 약자다. 백인 경찰을 적나라하게 비판하는 〈퍽 더 폴리스(Fuck tha Police)〉라는 곡을 발표해 경찰과 FBI의 경고까지 받았다. 가사 수위가 장난이 아니다.

"어린 검둥이는 피부가 까매서 욕을 먹어. / 어떤 경찰은 자기가 소수자를 죽일 권리가 있다고 생각해. (…중략…) 내 일을 마치면 여기 LA는 경찰들의 피바다가 될 거야."

퍼블릭 에너미 역시 공권력에 대한 분노와 저항을 노래했다. 이들은 조준선에 포착된 사람의 형상을 로고로 썼다. 그 자체로 흑인 탄압을 연상하게 하는 강력한 메시지였다. 미국인들은 비교적 평화로운 피켓 시위를 선호하는데, 1980년대 후반 미국 힙합계에선 CD를 밟거나 불태우는 과격한 퍼포먼스가 자주 벌어졌다. 그로부터 1~2년이 지나지 않아 힙합은 음악 차트의 주류로 부상한다. 힙합의 폭력성이 오히려 힙합 부흥의 기폭제로 작용한 덕분이다. 백인 우월주의와 록 음악이 지배하던 팝계에서 힙합은 철저히 소외되었지만, 신문의 사회면과 정치면을 장식하면서 사회 전반에 스며들었고 자연스레 주류 문화로 올라섰다.

초기 힙합은 저항 정신의 상징이었지만, 애석하게도 요즘 미국 힙합은 신자유주의의 전도사가 되었다. 힙합 정신이란 말은 더 이상 존재하지 않는다. 20년 동안 한 장르가 성숙해지다 보니 그 전에 전성기를 맞았던 다른 장르처럼 힙합 역시 정형화되었다. 20년 전 힙합이 태동할 때는 억눌린 흑인의 인권을 말했지만, 신자유주의 시대로 넘어오면서 물질주의가 팽배해졌다. 닥터 드레는 흑인 아티스트 중 재산이 가장 많다. 《포브스(Forbes)》에 따르면 7억 4000만 달러(한화 8375억 원) 수준으로 추정된다. 물질주의 사회에서는 부가 존경의 대상이 된다. 후배 래퍼들은 선배의 저항 정신이나 진정성, 실력보다 선배가 쌓아 올린 부를 '리스펙트'한다.

지금 힙합은 더 이상 권위나 시스템에 도전하지 않는다. 거대한 시스템에 안주하면서 그 안에서 자본이 주는 먹이를 받아먹으며 용인되는 범위 안에서만 빈정거리고 있다. 한국 힙합만의 문제는 아니다. 미국의 젊은 래퍼 역시 마찬가지다. 나라와 환경의 차이보다는 세대적인 경향이라고 보는 편이 타당하다. 힙합 내 세부 장르가 늘어나고 딕션이나 플로우, 라임에서 새로운 기교가 나타났지만, 장르 자체의 차별화와 영향력은 점점 쇠퇴하고 있다. 안타까운 일이다.

창조는 전에 없던 것을 처음 만드는 일이다. 당연히 기존 질서를 파괴하며 태어난다. '원래 이렇게 하는 거야'라는 주변의 만류를 뿌리치고 탄생하는 것이다. 힙합의 사례에서 드러나듯 창조는 기성의 권위를 전복하며 등장하고, 점차 성숙해 스스로 권위를 세운다. 그러다 정형화되는 순간, 틀을 갖추고 다양성을 잃는 순간, 새로 나타나는 무언가에 의해 전복된다. 달리 말하자면 창조하는 방법은 간단하다. 권위 있는 것을 찾아서 전복하면 된다. 기성 시스템의 일부로서 그 안에서 도전을 벌이는 것이 훨씬 안정적이지만, 그만큼 위대한 진보를 이루기는 어렵다.

인류의 역사는 때때로 정체하거나 퇴보하기도 했지만 큰 흐름에서는 계속 진보해 왔다. 서서히 내부의 압력이 증가하다가 어느 순간 틀을 부수고 나온 선각자들이 있었다. 우리 음악계에도 그런 신인이 필요하다. 물론 반대를 위한 반대는 경계해야 한다. 청개구리처럼 대세의 반대 방향만을 좇는 얼치기들은 금방 티가 난다. 권위 있는 것은 결코 쉽게 무너지지 않는다. 수십 년 넘게 신념을 행동으로 옮길 때 비로소 창조의 기회를 얻을 수 있다.

프로의 창작법

창조의 바로 아래 단계인 창작을 하면서
신과 호흡하려는 노력을 하는 것이
예술가의 행위가 아닌가 싶어.
물론 궁극적인 목표는 창조겠지.
그러려면 완전히 미쳐야 된다고 봐.

나는 작곡가 윤일상과 아주 친하다. 2008년 듀엣 그룹 PDIS를 결성해 최근까지 함께 활동했다. 음악을 떠나 인간적으로도 마음을 털어놓을 수 있는 형이다. 창조라는 주제를 다루면서 작곡가 윤일상을 빼놓을 수 없었다. 일상 형은 1992년 데뷔한 이래 수많은 히트곡을 작곡했다. 일일이 열거하기 힘들 정도인데, 국민 다수가 알 법한 노래들만 꼽자면 DJ DOC의 〈겨울이야기〉, 〈미녀와 야수〉, 김건모의 〈뻐꾸기 둥지 위로 날아간 새〉, 김범수의 〈보고 싶다〉, 이문세의 〈알 수 없는 인생〉, 이은미의 〈애인 있어요〉, 쿨의 〈애상〉, 〈운명〉, 〈해변의 여인〉, 터보의 〈Love is〉, 〈회상〉, 최근 화제가 되고 있는 김연자의 〈아모르 파티〉 등이 있다. 워낙 자주 보는 사이라 인터뷰 내내 얼굴이 화끈거렸다.

조중훈　스스로 평가하기에 형은 어떤 작곡가 같아?
윤일상　작곡가에는 두 부류가 있는데, 하나는 나처럼 영감 위주이고, 다른 하나는 학습에 의해 작곡 기술을 익힌 사람이지. 후자가 대부분이야. 5년 전에 동료 뮤지션 얘기를 듣고 그때 처음 알았어. 다들 대학 들어가서 작곡을 배워서 했다는 거야. 처음엔 이해가 안 갔지.

조중훈 왜 이해가 안 갔어?

윤일상 난 형식을 갖춘 곡을 여섯 살 때부터 썼고, 여덟 살부터는 가사가 있는 곡을 썼어. 영감이 떠오르면 곡이 나오는 건 당연하다고 생각했어. 그래서 예전엔 인터뷰를 할 때마다 그랬지. 배워서 하는 건 작곡이 아니라고. 그건 학습의 실현일 뿐이라 생각했거든. 그런데 알고 보니까 내가 좋아하는 작곡가 선배들 중에 그런 분들이 너무 많은 거야. 내가 감히 부정할 수가 없지. 그때부턴 내 재능만 고집할 필요는 없다, 좀 넓게 생각하자고 마음을 바꾸게 됐어.

조중훈 영감을 정의하자면 뭘까?

윤일상 공기 중에 떠돌아다니는 것 같아. 언제 어디서나 누구에게나 갈 수 있지. 그런데 영감이 와도 표현할 능력이 없는 사람이 대부분이야. 그걸 음악으로 표출하면 작곡가, 그림으로 표출하면 화가가 되는 거겠지. 그런 면에서 예술 행위를 꾸준히 오래 하는 비결은 70~80퍼센트 이상이 재능인 것 같아.

조중훈 형은 영감이 어떤 식으로 떠올라? 나는 특별한 공식은 없는 것 같아. 어떨 땐 이미지로 나타나고, 어떨 땐 언어로 나타나거든.

윤일상 나도 그래. 때에 따라 달라. 입체적일 때도 있고 단편적일 때도 있고. 노래를 들으면 악보로 연상된다거나, 색채가 머릿속에 그려진다거나, 편곡 이미지와 멜로디, 노랫말까지 같이 떠오르는 경우도 있고.

조중훈 정말 그래. 불교에서 말하는 돈오(頓悟)처럼 갑자기 깨달음을 얻는 느낌이랄까.

윤일상 그렇지. 실제로는 몇 초 안 되는 시간이 꿈에서는 길게 느껴지듯 영감도 그래. 굉장히 짧은 시간에 찾아와. 현실의 시간과 영감의 시간은 흐르는 속도가 다른 것 같아. 우리가 블랙홀에 들어가 있으면 그곳의 시간은 정지 상태에 가깝지만 지구의 시간은 빠르게 흘러가듯, 짧은 영감 속에 이미 모든 것이 펼쳐져 있는 느낌이야. 그 시간이 물리적으론 1초가 안 될 수도 있어. 하지만 음악으로 표현되는 시간은 4~5분, 길게는 10분도 될 수 있지.

조중훈 형이 이제까지 몇 곡을 창작했지?

윤일상 저작권협회에 700여 곡이 올라가 있고, 미발표곡은 3000곡 정도야. 중·고등학교 때 만들었던 테이프들이 예전에 오피스텔 살면서 비에 맞아 다 없어졌는데, 그게 제일 아까워. 후회를 잘 안 하는 편인데 그건 아깝더라. 그게 20집까지 있었거든. 테이프 1개에 15~20곡씩 있었으니까 300~400곡이 사라진 거지.

조중훈 학창 시절의 습작을 제외하면 3700곡쯤 창작했는데, 형이 데뷔 26년째니까…… 전업 작곡가로는 매년 140곡 넘게 작곡한 셈이네. 진짜 히트곡 '제조기'가 맞네. (웃음) 슬럼프는 없었어?

윤일상 1990년대엔 댄스 음악을 주로 했는데, 내가 만드는 음악이 시장의 흐름이 되었어. 그런데 어느 순간 모든 사람이 내 음악을 똑같이 따라 하니까, 내가 그들 중 하나가 된 것 같았지. 거기에서 오는 스트레스가 엄청났어. 데뷔 이후 가장 큰 슬럼프였어.

조중훈 트렌드를 만들고 이끈 건데, 그게 슬럼프에 빠질 이유가 돼?

윤일상 내가 이뤄 낸 것들을 주변 사람들한테 너무 많이 들으니까 실제 나보다 외부에서 바라보는 내가 더 커진 느낌이었어. 한 번도 명예를 위해 음악을 한 적은 없었는데, 그때는 그런 걸 자꾸 찾게 되더라. 자연히 불안감이 커졌지. 이러다 뒤처지는 것 아닌가. 그 전에는 영감이 떠오르면 한 번에 멜로디 작업을 끝냈는데, 자꾸 수정 작업을 했어. 곡을 끝내는 내 특유의 멜로디가 있는데, 그게 싫더라고. 남들도 다 그걸 쓰니까. 그래서 바꾸고 바꿔서 새로운 걸 만들려고 하는데, 옆에 있던 형이 그러더라. "야, 그냥 네가 잘하는 거 하면 되지, 왜 자꾸 그러는지 답답하다." 그 얘기를 듣고는 현실 자체를 바꿔서 활로를 개척해 보기로 했어. 이전까지 업템포(uptempo · 빠른 템포의 음악) 위주로 작업하다가 다운템포(downtempo · 빠르지 않은 템포의 음악)로 바꾼 계기가 된 곡이 애즈원의 〈너만은 모르길〉이야. 그 곡이 전환의 계기가 됐지. 어느 정도 성과를 거둬서 시장에서 나를 바라보는 눈도 달라졌고.

조중훈 형도 참 특이해. 가진 것 이상으로 부풀려지기를 바라는 사람도 많은데.

윤일상 노력하고 집중해야 할 시간에 외적인 문제에 신경을 빼앗기게 되니까. 그러다 보면 창작의 본질에서 벗어나기도 쉽고. 난 음악을 하는 사람이니까 음악이 성공하면 불안감이 해소될 것 같았지만, 그건 아니더라. 단지 내 길을 뚜벅뚜벅 가는 것, 당장 내일 죽더라도 음악의 본질에 비켜나지 않는 행위를 하는 것, 길게 보는 것, 이런 주의지. 낼모레가 쉰이라 그런 생각이 점점 강해지더라. (웃음)

조중훈 본질에 집중하는 형만의 방법이 있어?

윤일상 쉽게 말하자면 '감정 조절'을 하는 거야. 운동선수가 체중 조절을 하듯, 음악을 계속하려면 본질을 벗어나지 않는 집중력을 매일 발휘해야지. 가장 간단한 방법은 매일 연습하는 거야. 피아노나 다른 악기, 음악 공부를 쉬지 않는 거야. 아무리 연주를 잘하는 사람도 피아노 자체가 될 수는 없잖아. '피아노와 한 몸인 것 같다'고는 할 수 있어도 '한 몸이다'라고 단언할 수는 없지. 계속 정복해 나가는 과정이라고 생각해. 인간은 신이 아니니까.

조중훈 창조가 뭐라고 생각해?

윤일상 사실 창조라는 표현은 신만 쓸 수 있는 것 같아. 인간이 전혀 새로운 걸 창조할 수 있을까? 창세기를 보면 아담의 8대 손 유발이 수금과 퉁소를 발명해. 그 둘은 멜로디 악기야. 태초의 음악은 아마 리듬이었을 거야. 나무를 두드려 비트를 만들다가 풀잎을 말아서 음을 표현했겠지. 그 정도는 돼야 창조라고 생각해. 창조라는 단어를 쓰려면 내 자신이 먼저 엄청나게 바뀌어야 하지 않을까? 아니면 세상과 단절하고 오랫동안 어디에 가 있다 돌아오든지.

조중훈 창조를 할 수 없다면 인간은, 우리 같은 뮤지션은 왜 음악을 만들까?

윤일상 신을 닮고 싶어서가 아닐까? 창조의 바로 아래 단계인 창작을 하면서 신과 호흡하려는 노력을 하는 것이 예술가의 행위가 아닌가 싶어. 물론 궁극적인 목표는 창조겠지. 그러려면 완전히 미쳐야 된다고 봐.

조중훈 작곡가에게 가장 중요한 능력은 뭐라고 생각해?

윤일상 영감을 표현할 수 있는 재능이 없다면 작곡을 못하겠지만, 더 중요한 부분이 있는 것 같아. 하루도 빠짐없이 연습하는 거야. 프로와 아마추어의 연습은 차이가 있어야 돼. 프로라면 연습의 목표가 선명해야지. 예를 들어 근력 운동을 한다면 힘들어 죽을 것 같아도, 더 이상 못할 것 같아도 거기서 한두 번 더 해야 근육이 생겨. 보컬 실력이 안 느는 친구들을 보면 딱 자기 편할 때까지만 불러. 힘들지 않을 때까지만. 그러면서 목을 아낀다는 핑계를 대지. 그런 친구들은 성장하기 직전까지만 연습하기 때문에 계속 같은 자리에 머물러. 잘못된 방식으로 매일 연습하는 건 안 하느니만 못해.

조중훈 형은 히트곡을 많이 만들었는데, 비법이라도 있어?

윤일상 대중을 신경 쓰지 않으면 되는 것 같아. 후배들에게도 이런 얘기를 해. 우리는 대중보다 반 발짝 앞서가야 한다고. 요즘 〈아모르 파티〉가 히트하니까 다들 〈아모르 파티〉 같은 곡을 써 달라고 해. 그런데 그런 곡은 절대 안 돼. 이미 나왔던 거니까. 〈아모르 파티〉가 대중에게 호감을 얻은 이유가 있을 거야. 어울리지 않는 장르의 충돌에서 오는 신선함 때문이었다면, 그런 '방식'을 새로 찾아야지. 단순히 그 곡을 흉내 내면 절대 그

곡 이상이 될 수 없어. 오히려 대중성과 멀어지는 결과를 낳아.

조중훈 그럼 형도 반 발짝 앞선 노래를 지향하는 거야?

윤일상 유행 관점에서 말하자면 그렇다는 얘기고, 지금 나는 유행을 목적으로 음악 활동을 하진 않아. 20대 때는 그랬을지 몰라도 지금은 오래가는 음악을 하고 싶은 마음이 크지. 본질에 충실하고 음악을 솔직하게 대해야 유행을 타지 않고 10년이 지나도 촌스럽지 않을 것이라는 믿음이 있어. 내가 지금 퓨처 베이스(Future Bass) 같은 장르를 못해서 안 한다기보다는 10년이 지나면 촌스러워질 것 같아서 못 하겠어. 스스로 창피해서.

조중훈 형은 자기 자신을 예술가라고 생각해?

윤일상 당연하지.

조중훈 예술가와 상업 음악가를 구분하진 않아?

윤일상 왜 구분을 해? 요즘 예술가 중에 상업적이지 않은 사람이 있나?

조중훈 대중은 아티스트와 상업 음악가를 구분하잖아. K팝은 친근해도 클래식이라고 하면 약간 위축되기도 하고.

윤일상 자본주의 사회에서 모든 예술 행위는 대중적일 수밖에 없어. 뒤집어 말하면 대중적이지 않은 사람은 못하는 사람이야. 실력이 없으니까 관객이 안 들어오지. 그게 대중적이지 않은 거야. 그런 사람들이 '내 음악을 아무도 몰라 줘', '나는 나혼자 예술을 할 거야' 이렇게 얘기하는데, 잘하는 사람은 클래식이고 뭐고 안 따져. 피아니스트 조성진이 대표적이지. 누구보다 돈 잘 벌잖아.

조중훈 그러고 보면 형은 음악적 스펙트럼이 진짜 넓어. 뮤지컬 〈서편제〉에선 창과 팝을 결합한 음악도 만들었는데, 대중에겐 히트곡 제조기로만 알려져 있어. 서운하진 않아?

윤일상 나를 한 종류의 작곡가라는 틀에 가두고 평가하는 측면이 있겠지만. 크게 신경 안 써. 앞으로 해나갈 음악이 많으니까. 나 자신이 저평가되는 건 상관없어. 다만 내 음악이 50년, 100년이 지나서도 존재한다면 누군가 나를 다시 평가해 주겠지. 아니면 어쩔 수 없고. (웃음)

조중훈 형은 언제까지 작곡가로 활동할 생각이야?

윤일상 죽을 때까지 해야지.

조중훈 훗날 어떤 사람으로 기억되고 싶어?

윤일상 작곡가, 하면 생각나는 사람이면 좋겠어.

조중훈 형이 인생 후반기에 어떤 작품을 남길지 정말 기대된다.

윤일상 후반기라면…… 100살 정도? 요즘엔 노인의 기준이 85세부터라니까. 피카소 봐. 늙어 죽을 때까지 작품 활동을 왕성하게 했잖아. 나도 그 정도는 하고 가야지. (웃음)

4장

실행이 최상의 계획이다

린 스타트업의 시대

모범 답안이 없을 때는 빈칸으로 놔두는 것보단
뭐라도 적는 편이 낫다. 인생의 큰 방향을 숙고해서 결정했다면,
그 뒤에는 빠르게 실행하고 빈번히 개선해야 한다.
6개월 전의 아이디어가 지금도 통한다고 믿는다면
1970년대를 사는 것이다.

린 스타트업(Lean Startup)은 스타트업의 경영 전략이다. '만들고(build), 측정하고(measure), 개선하는(learn)' 구조로 끊임없이 순환한다. 과거에는 제품 하나를 개발하기 전에 사전 조사와 연구에 막대한 시간을 들였다. IT 기술이 발달하기 전에 제품 개발은 곧 형체를 갖춘 상품의 생산을 의미했다. 제품의 설계도가 나오면 원료를 수입하고 공장을 가동해서 물건을 찍어 냈다. 자연히 오랜 시간이 걸릴 수밖에 없다. 게다가 위험 부담까지 떠안아야 했다. 수년 넘게 공들여 내놓은 야심작이 시장의 외면을 받으면 기업의 존속이 위태로워졌다.

그런데 요즘은 IT 기술이 보편화되면서 상황이 완전히 달라졌다. 아이디어만 있으면 몇 주 안에 후딱 만들어서 시장에 내놓는다. 이른바 최소 기능 제품(Minimum Viable Product)을 만들어서 시장의 반응을 살피는 것이다. 마크 주커버그가 페이스북의 초기 버전을 만드는 데 걸린 시간은 하룻밤이 채 되지 않았다. 카카오 김범수 의장도 아이폰의 등장을 목격하고 발빠르게 움직여 석 달 만에 카카오톡을 내놨다. 뒤이어 굴지의 대기업들이 비슷한 메신저를 출시했지만, 네트워크 효과에 밀려 카카오톡이란 선두 주자를 넘지 못했다. 요컨대 완벽을 추구하느라 출시일을 늦추는 건 바보짓이라는 얘기다.

요즘 스타트업들은 자신의 아이디어를 구현한 상품이나 서비스가 조금 미흡하더라도 우선 시장에 내놓고 사용자의 피드백을 받아서 개선한다. 소수 개발자의 통찰력보다 수백만 사용자의 집단 지성이 더욱 뛰어나기 때문이다. 1.0버전은 팀의 역량으로 만들어지지만 1.1버전부터는 사용자가 함께 만드는 셈이다. 빠르게 변하는 시대에 적합한 경영 전략이다.

이런 경향은 소프트웨어 산업에만 그치지 않는다. 요즘에는 킥 스타터, 와디즈, 카카오 메이커스 같은 크라우드 펀딩이 자리를 잡으면서 하드웨어 스타트업도 비용 부담 없이 제품을 출시하게 되었다. 게다가 3D 프린터가 상용화되면서 제품 생산에 걸리는 시간이 비약적으로 단축되었다. 과거엔 어떤 부품 하나를 만들려면 공장을 돌아다니며 주형을 제작해야 했지만, 이제는 도면만 있으면 안방에서도 3D 프린터를 이용해 한두 시간 안에 만들 수 있다.

경영 트렌드나 산업 구조의 변화에서 나는 새로운 삶의

방식을 발견한다. 우리 삶에도 린 스타트업 전략이 필요하다. 사실 살면서 입학과 취업, 결혼처럼 되돌리기 쉽지 않은 결정은 그리 많지 않다. 번복할 수 있는 결정이 대부분이다. 그런데 지나치게 걱정하고 망설이다가 때를 놓치는 일이 많다. 누군가는 요즘 세대를 '메이비 세대(Generation Maybe)'라고 명명했다. 그 어느 때보다 선택권이 넓지만 자기 결정권을 포기하고 결정 장애에 빠진 현 세대를 묘사한 말이다. 급변하는 사회에서 오늘 어렵게 내린 결정은 내일이면 무용지물이 될 수도 있다. 통역사가 되기로 단단히 마음먹은 바로 그날, 구글에서 자동 통역기가 출시된 느낌이랄까. 이러니 결정을 내리는 일이 무의미해질 수밖에 없다.

모범 답안이 없을 때는 빈칸으로 놔두는 것보단 뭐라도 적는 편이 낫다. 무턱대고 결정하라는 얘기가 아니다. 인생의 큰 방향을 숙고해서 결정했다면, 그 뒤에는 빠르게 실행하고 빈번히 개선해야 한다는 얘기다. 6개월 전의 아이디어가 지금도 통한다고 믿는다면 1970년대를 사는 것이다. 인생의 큰 방향이란 직업과는 다르다. 하고 싶은 일의 본질을 의미한다.

이를테면 통역사라는 구체적인 직업이 아니라 사람과 사람을 잇는 매개가 되고 싶다는 생각을 품어야 한다. 그러면 자동 통역기가 나와도 얼마든 다른 길을 모색할 수 있다.

음악도 린 스타트업

당장의 수익에 연연할 것이 아니라
소비자의 반응을 측정하는 데 집중해야 한다.
앨범과 음원 판매만 돈이 아니다.
21세기엔 데이터가 곧 돈이다.

린 스타트업은 스타트업에만 국한하는 전략이 아니다. 우리 삶은 물론이고 음악에도 적용할 수 있다. 실제로 내 1집의 제목은 〈인 스타덤(In Stardom)〉이었고, 2집은 〈인 스타덤 버전 2.0(In Stardom Version 2.0)〉이었다. 앨범 자체를 버전 업 한다는 개념이었다. 더 세분화해 곡 하나를 가지고도 버전 업이 가능하다. 카니예 웨스트는 이전 앨범에서 발표한 곡을 발전시켜서 다음 앨범에서 버전 투로 내기도 했다. 사실 전혀 새로운 개념은 아니다. 과거에도 기존 곡을 재해석해 내놓는 리믹스라는 음악이 있었다. 이제 명곡을 만들기 위해 골방에 들어가 몇 년을 끙끙 앓을 필요가 없다. 일단 먼저 시장에 내놓은 다음, 피드백을 반영해 다시 출시하면 된다.

우리나라 음악 시장은 '만드는' 과정에 자본과 시간을 집중 투입한다. 특히 아이돌 그룹은 안타까울 정도로 오랜 시간을 들인다. 10대 초반부터 연습생 생활을 시작하고, 10년 가까이 춤과 노래를 갈고닦아 고생 끝에 데뷔하는데, 인기를 얻지 못해 금방 사라지는 그룹이 수두룩하다. 음악 시장의 소비자인 팬들이 직접 '측정하는' 과정 없이 제작자의 안목에 따라 10년간 만들기만 했으니 위험을 자초한 셈이다. K팝 시장의 근본적인 한계가 여기에 있다. 제조업 방식의 엔터테인먼트 시스템을 4차 산업 방식으로 바꾸는 사람이 향후 10년을 지배할 연예계의 패러다임을 장악할 것이다.

외국에선 이미 변화의 조짐이 보인다. 전 세계 10대들의 지갑을 탈탈 털고 있는 저스틴 비버는 열세 살 때 유튜브에 올린 영상이 화제가 되면서 스쿠터 브라운이라는 연예 기획자에게 픽업되었다. 이후 어셔의 전폭적인 지원 아래 팝계에 데뷔한다. 데뷔 앨범을 준비하던 중에 발표한 싱글부터 엄청난 히트를 기록한다. 저스틴 비버가 화제를 몰고 다니는 팝스타라는 건 익히 알고 있었지만, 눈으로 직접 보고 나니 입이 떡 벌어질 정도였다.

2011년 나는 북아일랜드에서 열린 MTV EMA(MTV Europe Music Award)에 다녀왔다. 우리나라 그룹 빅뱅이 아시아·태평양 대표로 참가한 행사였다. 북아일랜드의 작은 마을에 세계적인 스타들이 집결했다. 그런데 다른 어떤 스타가 와도 동요하지 않던 팬들이 저스틴 비버의 차가 도착하니까 난리도 아니었다. 그곳에 모인 인파의 대다수가 저스틴 비버의 팬이었다. 조카뻘이지만 정말 멋있었다. 우리는 장장 10년을 연습시켜서 무대에 올려도 그런 인기를 얻기 어려운데, 저스틴 비버는 혼자 힘으로 세계를 접수한 것이다. 그런 월드 스타가 탄생한 곳이 유튜브. 싸이 역시 유튜브를 통해 글로벌 진출에 성공했다. 이제 음악계도 옛날 방식만 고집할 필요가 없다.

음원 시장도 변화를 맞이하고 있다. 요즘 젊은 뮤지션들은 음원 유통 플랫폼인 사운드 클라우드에 음원을 무료로 올린다. 음원을 공짜로 배포하면 뮤지션은 뭘 먹고사느냐 반문할지 모르지만, 미발매곡을 사운드 클라우드에 공개한 뒤 정식 앨범을 출시하면 오히려 홍보에 도움이 된다. 나만 해도 1집 앨범의 전곡을 PC통신에 무료로 올리고, 똑같은 곡을 앨범에 담아 이듬해 발표했지만 잘 팔렸다. 요샌 이미 발매한 곡도 사운드 클라우드에 자주 올라온다. 새로운 시스템을 통해 소비자와 접점을 찾으려는 시도가 늘고 있다. 당장의 수익에 연연할 것이 아니라 소비자의 반응을 측정하는 데 집중해야 한다. 앨범과 음원 판매만 돈이 아니다. 21세기엔 데이터가 곧 돈이다.

Better late than never

실행은 최상의 계획이다.
특히 잘 모르는 분야에 뛰어들 때는 실행만 한 계획이 없다.
일단 그 분야에 발을 담가야
어떤 일들이 벌어지는지 알 수 있고,
그 뒤에야 비로소 계획다운 계획을 세울 수 있다.

'better late than never'라는 영어 표현이 있다. 안 하는 것보단 늦어도 하는 게 낫다는 말이다. 눈을 떠보니 약속 시간이 지났을 때 가장 좋은 대처 방법은 무엇일까. 침대에 누운 채로 핸드폰을 붙잡고 뭐라 변명할지 계획하지 말고 서둘러 집을 나서는 것이다. 실행은 최상의 계획이다. 특히 잘 모르는 분야에 뛰어들 때는 실행만 한 계획이 없다. 일단 그 분야에 발을 담가야 어떤 일들이 벌어지는지 알 수 있고, 그 뒤에야 비로소 계획다운 계획을 세울 수 있다. 가수로 데뷔하기도 전에 '나중에 4집에선 이런 노래를 불러야지', '버라이어티 쇼에 나가면 이런 얘기를 해야지' 생각해 봤자 부질없는 짓이다. 요약하자면 할까 말까 망설여질 때는 일단 저지르는 것이 답인 경우가 많다.

전에 얘기한 미국 뉴저지의 녹음실에 발을 디디면서 나에겐 새로운 세상의 문이 열렸다. 1990년대 후반 뉴욕 한인 타운에는 유명한 카바레가 있었다. 학창 시절에 좋아했던 그룹 부활의 전 멤버를 비롯해 많은 음악계 선배들이 그곳에서 연주를 했다. 녹음실 사장님이 그 형들과 친분이 있어서 한인

카바레나 클럽에 가면 소개해 줬다. 그렇게 자연스럽게 음악계 선배들과 어울리며 인연을 맺게 되었다. 책에 나오지 않는 음악에 대한 기술적인 조언, 음악인의 마음가짐, 한국 음악 시장의 동향도 많이 들었다.

한번은 내가 없는 자리에서 그 형들이 내 음악을 듣게 되었는데, 녹음실 사장님에게 평을 해줬다. 뭐 저런 애가 다 있냐는 식의 호평이었다고 전해 들었다. 예기치 않은 좋은 평가 덕분에 나는 녹음실을 청소하는 애에서 한 단계 격상되었다. 녹음실 사장님에게 '물건은 물건이다'라는 인식을 남길 수 있었다. 그래서 사장님은 내가 악기를 얼마든 빌려서 쓰도록 허락했고, 나를 팀에 넣으려고 구슬리기도 했다.

운이 좋기도 했지만 그보다는 발품 덕을 봤다고 생각한다. 발품을 팔아 녹음실에 찾아갔고, 발품을 팔아 뮤지션 선배들을 쫓아다녔기에 악기를 빌려다 내 음악을 만들 수 있었고, 덕분에 약간의 평판을 얻을 수 있었다. 나는 가만히 있는데 누가 나를 소개해 주고 인정해 주고 밀어주는 일은 영화에서나 가능하다. 현실 세계에선 내가 속한 가장 작은 그룹에서부터 두각을 나타내고 점차 반경을 넓혀 나가야 한다. 가만히 있으면 아무 일도 일어나지 않는다.

요즘 나는 음악 산업에 새로운 플랫폼이 등장할 것이라는 확신을 가지고 있다. 비즈니스 감각이 있고 트렌드에 민감한 사람들은 그 플랫폼이 인공지능 기반이 될지, 블록체인 기술 기반이 될지, 크라우드 펀딩 개념을 적용한 커뮤니티 기반이 될지 벌써부터 논의를 벌이고 있다. 어떤 기술이 패러다임을 이끌지 현재로선 불투명하지만 무엇이 됐든 새로운 흐름에 앞장서고 싶은 마음이다. 그래서 AI에 대한 신간도 찾아 읽고, 음악과 무관해 보이는 스타트업 모임에도 다녔지만 여전히 실체가 잡히지 않았다. 눈앞에 다가온 미래가 너무나 거대해 어떤 형상인지 가늠하기 어려웠다. 결국 세계 부딪쳐 보는 수밖에 없었다.

나는 지난여름 샌프란시스코에 다녀왔다. HP가 탄생한 차고, 페이스북이 처음 미국 서부에 왔을 때 입주했던 사무실을 둘러봤다. 스탠퍼드 대학을 돌아다니며 그곳 학생들이 무엇을 보고 듣고 경험하는지 살폈다. 현지 엔지니어를 만나 근무 환경이나 생활 방식, 비전에 대해 물었다. 새로운 산업이 태동하는 실리콘밸리의 공기를 느끼고 싶었다. 한국에 돌아와서는 대학의 인공지능 연구소를 방문해 현황을 파악하고, 음악 플랫폼에 관심이 있는 외국 투자자도 만났다. 험온의 최병익 대표를 만난 것도 같은 맥락이다. 거의 1년 가까이 이런 생활을 하고 있다. 나는 여전히 발품을 팔고 있다.

싸이의 들이대기

나는 1998년 겨울 PC통신에 음원을 올렸고,
이듬해 1월 데뷔 앨범을 발표했다.
그때부터 싸이의 태도가 확 달라졌다.
하루가 멀다 하고 연락이 왔다. 이유는 간단했다.
싸이에겐 가수가 될 수 있는 가장 가까운 기회가 바로 나였다.

들이대는 얘기를 하면서 그 분야의 최고수인 싸이를 거론하지 않을 수 없다. 싸이를 처음 만난 것은 고등학교 때였다. 당시 나는 뉴욕에 살았는데, 보스턴에 있는 친구들이 긴 휴가를 맞이하면 뉴욕에 종종 놀러 왔다. 한번은 보스턴 친구 예닐곱 명이 뉴욕에 왔다기에 만나러 갔는데 그 자리에 싸이가 있었다. 보스턴에서 유학하던 친구의 동생이었다.

그날 우리는 뉴욕 시내를 둘러보고 저녁에 노래방에 갔다. 그때 처음으로 싸이의 공연을 봤다. 20년이 넘은 일이지만 지금 TV에서 보여 주는 모습과 똑같았다. 현진영의 〈흐린 기억 속의 그대〉를 부르면서 탬버린을 치며 아무도 따라 할 수 없는 광란의 쇼를 펼쳤다. 그 작은 노래방에서 미친 듯 뛰어다니는 모습에 여자애들이 무척 재밌어했다. 사실 난 재밌기보다는 '뭐 저런 애가 다 있지?' 하는 심정이었다. 약간 과장을 보태면 제정신이 아닌 사람 같았다.

대학에 들어가서도 싸이와의 인연은 이어졌다. 우리 둘은 버클리 음대를 함께 다녔는데, 학교에선 한 번도 마주친 기억이 없다. 나도 싸이도 학교에 잘 나오지 않았다. 우리는 주로 동네 비디오 가게나 노래방, 가라오케에서 마주쳤다. 그때까지만 해도 싸이는 춤 잘 추고 잘 노는 동생이란 느낌이었다. 싸이 역시 나를 음악 좋아하는 동네 형 정도로 생각했을 것이다.

그러다 나는 1998년 겨울 PC통신에 음원을 올렸고, 이듬해 1월 데뷔 앨범을 발표했다. 한국 방송가에선 '얼굴 없는 가수'라며 내 소식을 자주 전했다. 그때부터 싸이의 태도가 확 달라졌다. 하루가 멀다 하고 연락이 왔다. 이유는 간단했다. 나처럼 가수가 꿈이었던 싸이에겐 가수가 될 수 있는 가장 가까운 기회가 바로 나였다. 그 무렵 친구들 모임에 나가면 항상 싸이가 있었다. 싸이가 낄 만한 자리가 아닌데도 어김없이 나와 있었다. 함께 어울렸던 무리 중에 가수를 지망하는 친구들이 꽤 있었지만 싸이만큼 적극적으로 자기 꿈을 알리고 뭐라도 하나 얻으려고 달려드는 사람은 없었다.

1999년 5월에 방송된 MBC 〈섹션TV 연예통신〉의 1회 방송이 아직도 기억에 남는다. 리포터가 보스턴에 와서 나를 인터뷰했다. 그때 카메라를 들었던 사람이 싸이다. 방송 관계자 공항 픽업도 싸이가 맡았다. 내 2집 때 피처링에 참여한 이정현이 미국에 녹음하러 왔을 때도 싸이가 공항 픽업을 나갔다. 당시 이정현의 매니지먼트를 맡아 미국에 같이 왔던 분이 지금은 대형 기획사의 대표가 됐는데, 아직도 싸이를 보면 장난 삼아 "그때 조수하던 애 아냐?" 이러고 놀린다. 방송 업계와 인연을 맺을 기회라 생각하고 궂은일도 마다하지 않았던 것이다.

싸이의 적극성이 드러나는 결정적 순간은 내가 계약했던 예당음향과의 회식 자리였다. 이정현의 솔로 데뷔 첫 방송을 마치고 뒤풀이를 하는 자리가 열렸다. 그 앨범에 싸이와 내가 공동 작업을 했던 곡이 들어간 인연으로 싸이도 뒤풀이에 참석했다. 그날 싸이는 술자리 테이블 위에 올라가 예의 쇼를 펼쳤다. 난다 긴다 하는 연예인들을 숱하게 접한 예당음향 대표가 단번에 넘어가 그 자리에서 바로 싸이를 픽업했다. 요즘 싸이는 연말이면 '올나잇 스탠드'라는 공연을 개최한다. 동이 틀 때까지 자기 노래를 부르며 여러 퍼포먼스를 벌이고 다른 가수 패러디도 선보인다. 매해 공연마다 충격적인 공연 후기가 올라오는데, 남다른 끼와 연출력은 이미 어렸을 때부터 갖고 있던 것이다.

그렇다고 무작정 덤비는 건 금물

책임감이라는 게 생각보다 막중하더라고요.
일 외적인 부분에 쏟는 에너지가
직장이나 창업이나 똑같이 90퍼센트라고 해도,
전에는 남 탓 회사 탓을 하면 됐지만
여기서는 모두 제 탓이에요.

서울 상암동에 이상한 술집이 있다. 간판부터 독특하다. 주인 얼굴이 떡하니 그려져 있다. '원 없이 부어라'의 준말이자 주인 이름 원부연의 앞 두 글자를 따서 '원부술집'이란다. 방송국이 밀집한 지역답게 기자, 피디, 연예인이 자주 드나든다. 주인의 이력도 재밌다. 대기업 계열의 광고회사에서 AE(Account Executive · 광고 기획자)로 일하다가 입사 8년 차에 회사를 때려치우고 술집을 차렸다. 3년간 쌓은 노하우로 최근 세 번째 술집을 열었다. 아무리 퇴사가 붐이라지만 대체 왜 모두가 선망하는 대기업을 떠났을까. 2017년 8월 원부술집에서 원부연 사장을 만났다.

조중훈 아니, 멀쩡한 직장은 왜 그만뒀어요?

원부연 회사에 다닐 땐 눈앞의 목표가 분명했어요. 빨리 승진해야지, 프로젝트 성사시켜야지, 이런 구체적인 목표를 정하고 쉼 없이 달리다 보니까, 이 일을 그만두고 나면 내가 뭘 잘할 수 있을지 고민하게 됐어요. 그러다 사표를 낸 거죠.

조중훈 그런 고민은 누구나 하지 않아요? 그렇다고 정말 사표까지 쓰는 사람은 드문데. 더구나 우리나라에서 손꼽히는 광고회사에 다녔잖아요.

원부연 일은 많은데 정작 일다운 일은 없었어요. 대기업 광고회사의 숙명이죠. 아무래도 관료적이에요. 의전이 중요하고, 보고를 위한 보고가 이어지고. 그래도 처음엔 그게 재밌었는데, 어느 순간 버리는 시간이 많다는 생각이 들었어요. 식당을 예약하고 행사에서 사회를 보다 보니까 일에 지치고 사람에 지치고. 주도적으로 할 수 있는 일을 찾다가 제가 술 좋아하고 사람 좋아하니까 술집이 어떨까 싶었죠.

조중훈 홧김에 사표를 낸 건가요?

원부연 아뇨. 2~3년 정도 고민했어요. 회사 다니면서 동아리 선후배 둘과 함께 단골 술집을 인수했어요. 테스트를 해본 셈이죠. 망하면 술집 하겠다는 미련은 접으려고 했는데, 잘됐어요. (웃음) 그래서 회사를 그만둘 확신이 생겼죠. 적자는 안 나겠다는 생각을 했거든요. 제 지분을 빼고 여기를 오픈한 거예요.

조중훈 베타 테스트를 거쳤다고는 해도 사표를 내기 직전까지 갈등이 많았겠죠?

원부연 그럼요. 정말 힘들었어요. 월급이라는 단물을 포기하는 게 쉽지 않잖아요. 큰 회사에 다니면서 얻는 복지 혜택도 많고. '이만한 회사가 어디 있어'라는 고민을 많이 했어요.

조중훈 직장 동료들도 비슷한 고민을 하던가요?

원부연 다들 비슷해요. 그래도 하고 싶은 일을 하면서 회사에 다닌다고 생각하는 분도 있었고, '내가 여길 나가면 무슨 수로 이런 회사에 다시 들어가'라고 생각하는 선배도 있었어요. 남자 선배들은 가족에 대한 책임감이나 회사의 타이틀을 중요하게 보는 편이었어요.

조중훈 아무리 술과 사람을 좋아한다고 해도 왜 하필 술집이었어요? 돈을 벌 요량이라면 다른 일도 많았을 텐데.

원부연 제 브랜드를 입힌 공간을 만들고 싶었어요. 제가 좋아하는 술과 사람, 콘텐츠를 묶고 싶었죠. 월간 윤종신을 카피해서 월간 상암동도 해봤어요. 한 달에 한 번 강의도 하고 전시도 하고 디제잉도 했는데, 혼자 하려니 한계에 부치더라고요. 콘텐츠는 장소와 관계를 맺어야 시너지가 난다는 걸 깨달았어요. 지금은 제가 기획한 공간들이 어떻게 시너지를 낼 수 있을지 고민하는 단계예요.

조중훈　술집을 차린다고 하니까 부모님이 반대하진 않던가요?

원부연　걱정은 하셨지만 할아버지 때부터 다 사업을 하셔서 사업 자체에는 찬성하는 편이셨어요. 젊을 때 뭔가 해보는 것이 중요하다, 30대에 할 수 있는 일이라면 조금이라도 젊었을 때 하라고 하셨죠. 남편이 제일 좋아했어요. 회사 다닐 땐 업무도 많고, 퇴근하고 나서 술 먹고 핸드폰을 하도 잃어버려서. (웃음)

조중훈　회사 생활과 비교할 때 수입은 어떤가요?

원부연　가게를 두 개 더 하고 나서는 회사 다닐 때보다 조금 나아졌어요. 사실 여기는 돈을 많이 안 들였어요. 보증금 2000만 원 포함해서 총 4000만 원 들었어요. 인테리어도 인맥을 동원해서 싸게 했어요. 레시피 개발도 선후배들이 많이 도와줬고. 인기 메뉴인 우유통닭은 이전 직장 팀장님이 추천해 주셨죠. 그래서 손익분기점을 거의 바로 맞췄어요.

조중훈　위기는 없었나요?

원부연　여기도 처음에는 바글바글했는데, 어느 순간 손님이 반으로 줄었어요. 그래서 메뉴를 확 바꿨어요. 칵테일에 술을 더

넣는 대신 가격을 올리고, 달라면 주지만 메뉴판에선 소주를 빼고. 객단가를 높이는 전략으로 선회해서 다시 매출을 맞췄죠. 다행히 아직 적자를 본 적은 없어요.

조중훈 자리를 빨리 잡아서 회사 생각이 별로 나지 않겠네요.

원부연 퇴사를 후회한 적은 없지만 회식은 좀 그리워요. 힘겨운 프로젝트를 마치고 나서 팀원들과 희열을 나누는 행위. 그런 사회적인 부분이 그립죠. 여기서는 그게 잘 안 돼요. 회사를 운영해 보니까 대표의 마음은 직원과 완전히 다르더라고요.

조중훈 맞아요. 직접 해보기 전에는 모르는 문제죠.

원부연 가게를 세 개 운영하고, 책임져야 할 직원이 생기고, 세무, 회계, 재무를 제가 다 챙겨야 하니까 스트레스가 어마어마해요.

조중훈 회사에서도 업무 외적으로 빠지는 에너지가 많았을 텐데, 회사 생활과 뭐가 다르던가요?

원부연 회사는 회사가 책임자예요. 결재 라인을 따라 올라가며 책임지는 사람들이죠. 결과적으로 제가 책임지는 줄 알았던 제 행동의 책임이 저에게 있지 않았어요. 그런데 여기서는 잘못하면 전부 제 책임이에요. 그 책임 하나에 직원들의 모든 것이 달라질 수 있어요. 그 차이가 있어요. 책임감이라는 게 생각보다 막중하더라고요. 일 외적인 부분에 쏟는 에너지가 직장이나 창업이나 똑같이 90퍼센트라고 해도, 전에는 남 탓 회사 탓을 하면 됐지만 여기서는 모두 제 탓이에요.

조중훈 기왕이면 남 탓을 할 수 있는 회사로 돌아가는 게 좋지 않겠어요? 아직 젊잖아요.

원부연 아뇨. 전혀 아니에요. 절대 그렇지 않아요. (웃음) 후회한 적 정말 없어요. 지금 삶의 방식이 편해요. 직원들이 돈을 들고 어디로 튄다면 회사 생각이 나겠지만, 아직 그런 문제는 없으니까요. 문제는 늘 사람에서 오니까, 세심히 신경 쓰고 있어요.

조중훈 그럼, 절충안으로 사업을 계속하면서 회사에서 회식을 할 때마다 놀러 가면 되겠네요.

원부연 이제는 그분들과 교감되는 부분이 없을 거예요. 그리고 광고업이 조직 변화가 빨라서 제가 알던 분들도 다 흩어지거나 그만두셨어요.

조중훈 그만둔 분들은 지금 뭘 하시죠?

원부연 사기업은 정년 개념 없이 40~50대가 되면 나가는 거예요. 어느 순간 승진이 안 됐다, 좌천됐다, 그러면 딱 그만두고 나가죠. 그러고 나면 거의 소식이 끊겨요.

조중훈 밖에서 보기엔 탄탄해도 그런 애로가 있었네요. 40대에 들어서면 결국 10년 정도 남은 셈이군요.

원부연 10년도 안 되죠. 버틸 때까지 버티는 거예요. 임원을 달아도 결국 계약직이고. 연봉은 높지만 한시적이죠. 제가 아는 임원들도 아직까지 남은 분은 극소수예요. 나머지 분들은 어디서 뭘 하시는지 모르겠어요.

조중훈 요즘 창업이 열풍이지만 구상만 하다가 막상 실행하지 못하는 사람이 대부분이에요.

원부연 간단히 말해, 하고 안 하고의 차이죠. 개인의 성격이나 주변의 영향도 작용하겠지만, 어쨌든 마음을 먹었다면 행동을 하는 게 중요해요.

조중훈 행동에 나설 때 명심해야 하는 것이 있다면 뭘까요? 창업 선배로서 조언을 하신다면?

원부연 무작정 지르라는 얘기가 아니에요. 가끔 보면 허황한 생각을 가진 분들이 있어요. 대책이 없는 거죠. 그런 분들에겐 조금 더 생각해 보라고 창업을 말려요. 창업은 생각만큼 간단한 문제가 아니에요. 예를 들어 카페나 해볼까, 하고는 단순 계산만 해서 쉽게 생각하는 거예요. 커피 한 잔의 원가는 500원이고 판매가는 5000원이니까 하루에 50잔만 팔아도 성공하겠다, 이런 식이죠. 그런데 하루에 커피 50잔을 파는 거, 엄청 어려워요. 창업하기 전에 비슷한 업종의 가게에 가서 직접 일을 한번 해보는 게 정말 중요해요.

조중훈 첫 창업인데도 성공적으로 운영하고 있으신데, 남다른 전략이 있나요?

원부연 저는 하고 싶은 일이 있으면 일단 문서로 만들어요. 기획서 형태로 짧게라도.

조중훈 광고회사에 다녔던 습관일까요?

원부연 말과 글은 완전히 달라요. 말로 하면 복잡한 개념도 문서로 정리하면 딱 느낌이 와요. 문서로 정리하는 과정에서 부족한 부분이 뭔지 금방 드러나죠. 다른 사람에게 보여 주기도 편하고. 그래서 웬만하면 글로 정리하는 편이에요.

조중훈 원부술집을 만들 때도 기획서를 작성하셨어요?

원부연 여기 만들 때는 문서가 수십 장은 나왔어요. 디테일하게 정리해도 나중에 헷갈리는 경우가 많아요. 초안을 만드는 건 금방이지만, 진행하는 과정에서 수정하고 보완하는 작업이 프로젝트 내내 이어져요. 문서대로 안 되는 부분이 많으니까요.

조중훈 다른 예비 창업가에게도 통용되는 얘기일까요?

원부연 글쎄요. 사람마다 다르니까 거기에 맞춰 사는 게 중요하겠죠. 자기 생각만 확고하다면 직선으로 가든 곡선으로 가든 알아서 잘하더라고요. 자기 속도에 맞춰 사는 거죠.

조중훈 지금 하는 일이 재밌나요?

원부연 이거 해라 저거 해라, 강요하는 사람 없이 다 내가 하는 거니까 그게 제일 좋죠. 반대로 그러다 보니까 나태해지는 순간이 오기도 해요.

조중훈 본인의 직업이 뭐라고 생각해요?

원부연 기획자 또는 영향력을 행사하는 사람이 아닐까 싶어요. 누군가에게 좋은 영향을 미치고 싶어서 뭔가를 만들어 가고 있으니까요. 그게 아니라면 사람 만나고 기획하고 콘텐츠를 공유하는 사람, 이렇게 정의할 수도 있을 것 같아요.

위험하지만 안전한 계획, 쇼 비즈

나는 20년간 음악계에 종사하면서
많은 사업가들을 만났다.
음악 비즈니스에도 하수와 중수, 고수가 있다.
각자 사업을 꾸리는 방법도,
위험을 회피하는 전략도 천차만별이다.

쇼 비즈의 세계는 위험하다. 아이돌 그룹 한 팀에 수십 억 원을 투자했다가 인기를 얻지 못하면 회사 전체가 휘청거린다. 영화도 마찬가지다. 야심차게 준비해 특급 캐스팅을 확정해도 할리우드 블록버스터와 붙는 바람에 조기 종영을 당하는 경우도 있다. 영화 한 편에 제작사가 풍비박산되기도 한다. 나는 20년간 음악계에 종사하면서 많은 사업가들을 만났다. 음악 비즈니스에도 하수와 중수, 고수가 있다. 각자 사업을 꾸리는 방법도, 위험을 회피하는 전략도 천차만별이다.

먼저, 하수는 전략도 없고 리스크 헷지(risk hedge · 예상하지 못한 위험을 미연에 방지하는 활동)도 없다. 연예계는 잘 모르는 사람도 무턱대고 덤비는 분야다. 경제적, 시간적 여유가 생기면 한번쯤 관심을 기울인다. 지인의 소개를 통해 연예 관계자와 차를 마시고 술을 먹다가 흥미가 생겨서 입문하는 사람이 의외로 많다. 대개 본업이 잘되어 여유 자금만 믿고 부업이나 취미로 시작하는 경우인데, 십중팔구 수년 내 망한다. 엔터테인먼트 분야도 엄연한 사업이다. 사업의 궁극적인 목적은 이윤 창출이다. 취미로 하거나 취향만 고집하면 실패할 수밖에 없다. 철저히 시장성을 검증하고 뛰어들어야 한다.

중수는 꽤 정교한 툴을 가지고 있다. 프로모션의 방법이나 직접 돈을 벌어 회사를 굴리는 방법을 알고 있다. 행사 한 번에 몇백만 원씩 받으며 전국을 다니는 트로트 가수들이 많다. 중수는 유흥업소나 대학 행사, 해외 공연을 주관하는 사람들과 영업 라인을 갖추고 있어 그쪽 수요에 맞추기 위해 신인을 제작한다. 리스크 헷지를 확실히 한 상태에서 제작에 들어가는 방식이다. 중수가 이끄는 회사는 3대 기획사처럼 크게 성장하기는 어렵지만, 나름 안정적인 사업 구조를 장기간 유지할 수 있다.

마지막으로 고수는 얼핏 보기엔 하수와 비슷하다. 하수와 마찬가지로 리스크 관리를 하지 않는다. 대신 자신의 경험에서 오는 신용이 든든한 자산이다. 머리로는 이해가 안 가지만 저 사람이 하는 거니까 믿을 수 있다는 정도까지 신뢰를 얻은 사람들이다. 시장의 변화와 미래를 예측하고 미리 준비하는 사람이 고수다. 예를 들면 SM엔터테인먼트를 설립한 이수만 회장과 가수 서태지다.

미국 아이돌 그룹에도 계보가 있다. 국내에 널리 알려진 그룹은 1990년대 초에 인기를 누렸던 뉴키즈 온 더 블록과 백스트리트 보이즈 정도지만 그 전후로도 무척 많다. 현대적인 R&B를 기반으로 하는 보이 그룹의 역사는 1960년대로 거슬러 올라간다. 1959년 미국 디트로이트에서 설립된 전설적인 레코드 제작사 모타운이 시초다. 5인조 흑인 그룹 템테이션스와 잭슨 파이브도 모타운에서 활동했다.

　　1980년대부터는 체계적인 보이 그룹 양성 시스템이 등장한다. 바비 브라운이 속해 있던 흑인 보이 그룹 뉴 에디션이 현대적인 아이돌 그룹의 원조 격이다. 유명 제작자인 모리스 스타가 그들을 발굴했는데, 이후 그가 만든 백인 보이 그룹이 바로 뉴키즈 온 더 블록이다. 우리나라를 포함해 전 세계적으로 큰 인기를 끌었다. 그다음 차세대 보이 그룹으로 백스트리트 보이즈, 엔 싱크가 계보를 잇는다. 이런 성공 사례를 통해 남자 아이돌 그룹도 시장성이 크다는 것이 입증되었다. 그리고 1992년 한국 시장도 예외가 아니라는 것을 서태지가 증명했다. 이수만 회장은 미국 팝계의 선례와 컴퓨터 음악이 음악계에 끼치는 영향을 종합적으로 고려할 때 자신의 음악이 반드시 성공한다고 믿었다.

이수만 회장은 1971년 가수로 연예계에 데뷔했다. 말재주가 뛰어나 DJ와 MC로도 맹활약했다. 인기가 절정이던 1981년 돌연 미국 유학을 떠나 대학원에서 컴퓨터 공학을 전공했다. 같은 해 미국에선 MTV가 개국했다. 듣는 음악에서 보는 음악으로 트렌드가 바뀌고 있었다. 음악 시장의 지각 변동을 감지한 그는 1985년 귀국해 한국 최초의 컴퓨터 음악 학원을 열었다. 흔히 '미디(MIDI · 컴퓨터 음악)'라고 하는 프로그램을 한국에 도입하고 미디를 툴로 이용하는 뮤지션을 양성한 것이다.

SM엔터테인먼트의 첫 번째 가수는 현진영이었다. 1987년 이수만 회장에게 픽업된 뒤 혹독한 트레이닝을 거쳐 1990년 현진영과 와와로 데뷔했다. 당시 현진영이 선보인 춤과 랩은 시대를 앞서갔다. 현진영과 서태지의 라이벌 구도가 형성되다가 현진영이 여러 사건에 휘말려 구설에 오르면서 SM엔터테인먼트는 경영에 어려움을 겪게 된다. 사기도 당하고 힘든 상황을 많이 겪었던 것으로 안다. 회사가 어려워지자 이수만 회장은 다시 원점으로 돌아가 행사를 다니며 MC를 보면서 돈을 벌어 회사 운영에 보탰다. 그러다 결국 H.O.T.를 데뷔시키고 지금의 SM 제국을 건설했다.

이수만 회장의 결단에는 선구자적인 모습이 곳곳에서 감지된다. 미디를 선도적으로 제작에 활용했고, 막 은퇴한 서태지와 아이들의 분위기에다 기획을 보탠 H.O.T.라는 그룹을 만들었다. 누군가는 카피캣(copycat · 경쟁사를 모방하는 기업이나 제품을 일컫는 말)이라 할지도 모르지만, 서태지가 나아가는 시장 상황을 명확히 분석했고, 그것을 단순히 한 사람의 천재적인 뮤지션이 아니라 시스템화해서 아이돌이라는 시장 자체를 만든 것이다. 단순히 따라 하다가 운이 좋아 성공한 케이스가 결코 아니다.

H.O.T.가 데뷔한 것이 1996년이다. 20년이 넘게 지났지만 한국 음악계는 아직 1990년대 시스템을 벗어나지 못하고 있다. SM엔터테인먼트 초창기 때 보아의 활동을 돕던 매니저가 독립해 제작사를 차렸고, SM에서 근무했던 많은 업계 관계자들이 제작사를 운영하고 있다. 경영 방식은 SM이 구축한 시스템의 틀을 크게 벗어나지 않는다. 그나마 초기에 뛰어들

어 이수만 회장의 방식을 벤치마킹한 사람들은 웬만큼 단맛을 봤지만, 이제 똑같은 방식으론 시장에 진입하기 힘들다. 회사라는 건 되다 말다 해도 무방한 것이 아니다. 멈추는 순간 모두 죽는다. 새로운 패러다임을 찾아야 한다. 변화가 필요한 시점에 후발 주자들이 오히려 한 세대 이전의 모델을 따라가면 필패할 수밖에 없다.

미국의 가수 지망생은 왜 하루 16시간씩 연습하지 않을까. 음악에 대한 열정이 부족해서가 아니다. 법적으로 미성년 연예인 근로자의 학습권, 인격권, 수면권, 휴식권 등을 보장하기 때문에 우리나라처럼 중학생들이 연습실에 틀어박혀 장시간 연습할 수가 없다. 우리나라 10대 아이돌 10명 중 6명은 학교에 제대로 나가지 못한다는 통계도 있다. 이런 문제들이 조금씩 개선될 조짐이 보인다. 2014년 관련 법령이 제정되면서 15세 미만의 연예인은 주당 35시간 이하로만 활동하게 되었다. 아직 갈 길이 멀지만 국제적 기준에 부합하는 방향으로 나아가고 있다. 바꿔 말하면 우리나라가 가장 경쟁력이 있는 분야인 헝그리 정신의 시대가 끝나 가고 있다. 여기에 더해 제도의 간섭과 사드 문제로 어려워지는 중국 시장 진출처럼 시대적, 정치적 상황이 겹치면 기존 모델은 삽시에 무너질 수 있다. 지속 가능한 모델이 필요한 시점이다. 그걸 먼저 찾아내는 사람이 다음 세대의 엔터테인먼트 업계를 지배할 것이다.

5장

본래의 나를 찾아서

내면과 대화하는 시간

기술이 급속히 발전하면서
머리를 쓰는 일이 예전만큼 많지 않다.
성가신 일을 소프트웨어에 떠넘기면서
삶의 편리함은 커졌지만,
힘들고 어려운 일을 해결하는 과정에서
얻는 성취감이 사라졌다.

성공한 사람들에겐 공통적인 습관이 있다. 날마다 빼먹지 않고 내면과 대화하는 시간을 가진다는 것이다. 트위터의 창업자 잭 도시는 매일 아침 5시 30분에 일어나 30분간 명상한다. 허핑턴포스트를 설립한 아리아나 허핑턴은 요가와 명상을 통해 몸과 마음의 균형을 찾는다. 애플의 창업자 스티브 잡스는 젊은 시절부터 좌선과 명상에 심취했다. 이들은 내면과 대화하며 중대한 깨달음을 얻었다.

《사피엔스》의 저자 유발 하라리는 현생 인류가 7만 년 전 인지 혁명을 통해 먹이사슬의 꼭대기에 올랐다고 말한다. 종교와 계급, 국가 같은 허구를 지어내고 실재로 받아들이면서 만물의 영장이 되었다는 것이다. 놀라운 지적 활동의 원천은 무엇이었을까. 돌연변이처럼 어쩌다 보니 똑똑하게 태어나서? 그렇지 않다. 네안데르탈인은 호모 사피엔스보다 뇌의 용적량이 컸다. 그럼에도 호모 사피엔스가 인류의 다른 종들을 멸종시키고 살아남았으니 선천적 능력 때문이라고 보기는 어렵다. 혹시 우연한 사건으로 말미암은 후천적 습관 덕분은 아닐까.

이를테면 이런 식이다. 7만 년 전 호모 사피엔스 A가 사슴을 쫓고 있다. 창을 던지지만 번번이 빗나간다. 같은 시각 호모 사피엔스 B는 근처 풀숲에서 열매를 채집하고 있다. 양팔 가득 열매를 안고 나오다가 도망치던 사슴을 맞닥뜨린다. 깜짝 놀란 사슴이 방향을 틀다가 넘어진다. A는 기회를 놓치지 않고 사슴의 몸통에 창을 꽂는다. 이런 일이 반복되면서 A와 B는 협동의 힘을 깨닫는다. 생각이 꼬리를 물고 이어지다가 마침내 공동체란 개념에 도달한다.

허술한 상상이라 비약이 있겠지만, 나는 인류의 고유한 특징인 깊이 있는 사고가 후천적으로 학습되는 역량이라 생각한다. 사고하는 능력은 생각하면 할수록 향상된다. 한 가지 문제를 골똘히 생각하다 보면 어느 순간 사고방식의 경계를 넘어서고 입체적인 사고가 가능해진다. 종교에서 말하는 깨달음도 이와 크게 다르지 않을 것이다.

내 가설을 뒷받침하는 사례가 있다. 미국 래퍼 제이 지는 가사를 메모하지 않는다. 머릿속에 서너 곡을 통째로 집어넣었다가 녹음실에서 연달아 녹음하고 집에 돌아간다. 힙합에선 가사를 까먹거나 틀리는 것을 '절었다'라고 표현하는데,

손으로 쓰면서 외운 가사도 저는 판국에 서너 곡씩 머리에 담아 녹음을 한다는 건 정말 대단한 스킬이다. 여기에 꽤나 자부심이 있는지 가사에도 자신은 다른 가수들과 다르다는 얘기가 종종 등장한다.

이런 걸출한 능력이 어떻게 생겨났을까. 어린 시절 제이지는 뉴욕 뒷골목에서 마약을 팔았다. 거리를 어슬렁거리면서 속으로 자작곡을 흥얼거렸는데, 펜과 노트가 있을 리 없으니 단어가 떠오르면 꼬리에 꼬리를 물고 노래 한 곡이 완성될 때까지 외우는 버릇이 생겼다고 한다. 근력 운동을 할수록 근육이 붙듯, 마음의 근육인 생각은 머리를 쓸수록 깊고 풍성해진다.

요즘은 기술이 급속히 발전하면서 머리를 쓰는 일이 예전만큼 많지 않다. 성가신 일을 소프트웨어에 떠넘기면서 삶의 편리함은 커졌지만, 힘들고 어려운 일을 해결하는 과정에서 얻는 성취감이 사라졌다. 가령 과거에는 여름휴가 장소를 결정할 때 친구들과 모여 의견을 주고받고 장단점을 열거했지만, 요새는 포털 검색창에 '올여름 휴가지'를 입력하면 간단히 해결된다. 교통편과 숙박 장소, 근처 식당까지 줄줄이 추천된다. 작은 편의를 얻는 대가로 달뜬 마음으로 여행을 준비하는 기쁨을 잃어버린 것이다. 자동화된 삶에 익숙해진 우리는 어느새 사랑하는 사람의 핸드폰 전화번호도 외우지 못하게 되었다.

"나는 인공지능이 컴퓨터에 인간처럼 생각하는 능력을 부여하는 것은 걱정하지 않지만, 인간이 컴퓨터처럼 생각하는 것은 걱정된다."

애플 CEO인 팀 쿡의 말이다. 현대인은 인간처럼 생각하지 않는다. 마치 컴퓨터처럼 정해진 과업을 수행하기 위해 작동할 뿐이다. 심하게 말하자면 생각하는 척을 하고 있다. 문제를 해결하기 위해 고민하기보다는 곧바로 포털 검색창을 두드린다면 컴퓨터의 연산 처리 방식과 다름없다. 기껏해야 타자수 정도에 그친다. 인간이라면, 인간답게 살고 싶다면 인간만의 특징을 살려야 한다. 깊이 있는 사고, 그리고 이를 가능케 하는 내면과 대화하는 시간이 필요하다.

얼마 전 디지털 시대엔 사색이 경쟁력이란 말을 듣고 명상에 도전한 적이 있다. 아무것도 하지 않고 가만히 앉아 있는 것이 의외로 어려웠다. 생각이 자꾸 끊기고 좀이 쑤시더니, 이

내 눈꺼풀이 무거워졌다. 내가 찾은 대안은 글쓰기였다. 손과 손목을 움직여 글을 쓰면 생각을 하지 않을 도리가 없다. 대단한 글이 아니어도 괜찮다. 오늘은 무엇을 먹었고 어디를 다녀왔고 누구를 만났는지 정도만 적어도 충분하다. 생각하기 위해 글이란 도구를 이용하는 셈이다.

내 딴에는 억지로라도 생각하기 위한 고육책이었는데, 알고 보니 족보가 있는 방법이었다. 하버드 대학은 1872년부터 신입생 전원에게 글쓰기 강좌를 의무 수강하도록 하고 있다. 20년간 글쓰기 강의를 진행한 낸시 소머스 교수는 "하루에 10분이라도 글을 써야 비로소 생각을 하게 된다"고 말한다. 최근 나는 원고를 작성하면서 조언을 구하기 위해 책을 써본 지인을 몇 명 만났다. 신기하게도 다른 주제엔 눌변에 가깝다가도 저서 얘기만 나오면 말에 군더더기가 없어지고 핵심이 분명해졌다. 원래 말을 잘하는 사람이 아니란 소리다. 글을 쓰면서 생각을 정리한 것이다.

초심자가 명상하기 쉬운 또 다른 방법은 걷기다. 나는 어릴 때부터 걷는 것을 좋아했다. 걸으면서 생각에 잠기거나 음악을 듣는다. 평상시에는 좋아하는 음악을 틀지만, 고민거리가 있을 때는 가사가 없는 클래식이나 재즈를 택한다. 저녁 약속에 나갈 때도 멀지 않은 거리는 가급적 도보로 이동한다. 매일 30분에서 1시간 정도를 편도로 걷는데, 그것만으로 충분히 운동도 되고 하루에 얼마간 강제적으로 생각할 틈이 생긴다.

스마트한 디지털 라이프

기성세대에게 모바일은
핸드폰에 인터넷 기능을 더한 물건에 불과하지만,
미래 세대에게 모바일은 전혀 다른 의미다.
신체의 연장에 가깝다.

명상의 중요성을 강조하는 사람들은 대개 디지털 기기의 나쁜 면을 강조한다. 니콜라스 카 같은 학자는 디지털 기기의 무분별한 사용으로 인간의 사고력이 약화되고 있다면서 디지털 기술에 뇌를 아웃소싱하는 격이라는 무시무시한 주장을 펼친다. 빌 게이츠 역시 아이들의 디지털 기기 사용을 제한한다고 알려져 있다.

나는 디지털 기기의 사용을 반대하는 입장은 아니다. 스마트폰을 한시도 손에서 놓지 못하는 스마트폰 중독이야 피해야 하지만, 적당히 사용한다면 그보다 이로운 물건이 없다. 디지털 시대의 반작용을 지나치게 경계하며 2G 핸드폰을 사용하는 것은 19세기 영국에서 일어난 러다이트 운동과 크게 다르지 않다. 피할 수 없는 시대의 흐름을 인정하고 개인에게 유리한 방향으로 문명의 혜택을 활용하면 좋겠다.

30대가 넘은 사람들은 성장기에 디지털 혁명을 맞이했다. 아날로그 시대를 살아오다가 10대 후반에 이르러 디지털 기기와 조우하고 하나씩 배워 나갔다. 이들은 현재의 디지털 세상에서 못마땅한 부분이 생기면 아날로그를 추억하며 디지털을 비난한다. 그런데 요즘 젊은 친구들은 디지털 네이티브 세대다. 디지털을 배울 필요가 없다. 나면서부터 디지털이 삶의 조건이었다. 우리 아이들만 해도 말을 배우기도 전에 스마트폰 작동 방법을 먼저 익혔다. 세상이 이미 바뀐 것이다.

우리 때만 해도 컴퓨터 학원이란 것이 있었다. 요즘처럼 고급 프로그래밍이나 그래픽 툴의 사용법을 가르치는 것이 아니라 컴퓨터란 낯선 물체를 켜고 끄는 방법, 자판을 치는 방법부터 가르쳤다. 학원 입학시험도 있었는데, 알파벳을 차례대로 쓰게 했다. 어린 시절 컴퓨터 학원을 다니면서 부모님께 컴퓨터를 사달라고 졸랐지만 사주지 않으셨다. 비싸기도 했고 사줘 봤자 게임만 할 것이란 이유에서였다. 성인이 된 1996년이 되어서야 나는 개인 컴퓨터를 가질 수 있었다. 중고 매킨토시였다.

부모님을 원망하는 건 아니지만 일찍부터 게임으로 컴퓨터와 친해진 친구들은 지금 IT 계통에서 일하고 있다. 내 또래가 사회에 첫발을 내딛을 무렵인 1990년대 후반, 초고속 인터넷망이 전국에 보급되고 IT 열풍이 불었다. 네이버, 다음, 넷마블, 엔씨소프트 같은 IT 대기업들이 그 시기에 탄생했다. 유년 시절부터 컴퓨터와 친하게 지냈다면 나도 비슷한 도전에 나섰을지 모른다. 그게 무척 아쉽다.

　　나의 성장기에 맞이한 거대한 변혁이 컴퓨터였다면, 요즘 아이들에겐 모바일이다. 기성세대에게 모바일은 핸드폰에 인터넷 기능을 더한 물건에 불과하지만, 미래 세대에게 모바일은 전혀 다른 의미다. 신체의 연장에 가깝다. 첫째가 지금 초등학교 5학년인데, 궁금한 게 생기면 엄마 아빠에게 묻지 않고 바로 유튜브에 접속한다. 인터넷부터 떠올리는 것도 격세지감이지만 포털 사이트가 아니라 영상 기반인 유튜브라는 점도 신기하다. 나만 해도 네이버 지식인에 묻고 답을 기다리던 세대인데, 요즘 애들에겐 그것도 구닥다리다. 그 어린 녀석이 유튜브에서 마술 레슨을 찾아보고 따라서 한다. 친구들도 개인 채널을 하나씩 갖고 있어서 소통 창구로도 활용한다. 상황이 이런데도 많은 부모들이 스마트폰을 금지하고 폴더폰을 쥐어 준다. 디지털 네이티브에게 디지털을 뺏으면 순기능보다 역기능이 더 클 것이다. 우리 삶의 기본 조건이 된 문물을 과도하게 거부할 필요는 없다. 다만 지혜롭게 사용하면 된다.

아무래도 아이들은 디지털 기기를 쓰다 보면 재미있고 자극적인 쪽으로 치우치기 쉽다. 그럴 때는 따끔하게 주의를 줘야 한다. 무작정 방치하는 것이 아니라 올바로 사용하도록 안내해 주는 역할이 필요하다. 사용법도 알려 주고 메커니즘 도 설명해 주면 좋겠다.

Like it

소셜 미디어와 연예인의 삶은 어항 속 물고기와 비슷하다.
타인이 나를 주목하는 데 의미를 둔다.
처음엔 누가 나를 지켜보고 알아봐 주는 것이 좋지만,
시간이 지나면 뭐든 적당히 할 수 있는 삶이 가장 편하다.

여기저기 온통 '좋아요' 범벅이다. 레스토랑에서 스테이크를 썰어도, 카페에서 디저트를 먹어도, 교통사고 현장의 유리 파편을 찍어도, 한강 둔치 공원에 돗자리를 깔고 누워도, 잃어버린 반려 동물을 찾아 달라고 애원해도 '좋아요'가 달린다. 행복도 불행도 '좋아요' 개수로 수치화해 경쟁한다.

소셜 미디어의 부상은 힙합의 문화 코드와 통하는 구석이 있다. 힙합에서 자기 과시를 뜻하는 '스웩(swag)' 문화와 본질은 같다. 요즘 대중문화는 뭐든 극대화하는 방향으로 치닫고 있다. 돈 자랑, 스펙 자랑, 여행 자랑, 외모 자랑, 음식 자랑, 애인 자랑, 반려 동물 자랑…… 약점은 감추고 강점은 드러내는 것이 인간의 본성이라고는 하지만, 남에게 비치는 모습을 지나치게 신경 쓰다 보니 내면에 충실하기 어렵다.

심지어 '카페인 우울증'이라는 신조어까지 나왔다. 여기서 카페인은 카카오 스토리, 페이스북, 인스타그램의 앞 글자인데, 소셜 미디어에 올라온 타인의 멋지고 화려한 모습에 상대적으로 내 삶이 초라해 보여 우울함을 겪는 증상을 뜻한다. 현대인은 자신이 진정 좋아하는 것이 무엇인지 생각하기보다는 자신이 올린 글과 사진에 '좋아요'가 붙는 개수에 따라 좋음과 나쁨을 판별한다. 내가 좋아하는 것마저 타인의 인증을 받아야 하는 시대가 되었다.

소셜 미디어가 등장한 초기부터 나는 페이스북과 트위터, 인스타그램을 활용했다. 아이돌 그룹을 제작할 때는 음악 업계에서 최초로 페이스북 페이지를 개설했다. 비즈니스 측면에서 소셜 미디어는 결코 간과할 수 없는 트렌드지만 개인 계정은 거의 쓰지 않는다. 연예인이 사는 방식과 비슷해서 묘한 기시감과 함께 피로감을 느낀다. 소셜 미디어와 연예인의 삶은 어항 속 물고기와 비슷하다. 타인이 나를 주목하는 데 의미를 둔다. 처음엔 누가 나를 지켜보고 알아봐 주는 것이 좋지만, 시간이 지나면 뭐든 적당히 할 수 있는 삶이 가장 편하다. 그래야 인생을 즐길 수 있고 하고 싶은 것을 마음껏 할 수 있다. 인생에 여러 가지 선택권이 생긴다.

어항 속에 들어가 살면, 그러니까 '좋아요' 수에 집착해서 살면, 다시 말해 남이 원하는 방식으로 살면, 다양한 선택권을 잃게 된다. 잠깐은 희열을 느낄지 몰라도 인생 전체를 놓고 볼

땐 '좋아요' 수보다 선택권이 훨씬 중요하다. 우리는 카메라에 담기 위해 여행을 다니고 음식을 먹는 것이 아니다. 행복한 순간을 정지 화면으로 포착해 언제고 다시 꺼내 추억하는 것도 나쁘지 않지만, 사진에는 담을 수 없는 순간의 정취를 오감을 이용해 100퍼센트 즐기는 것이 가슴속에 더 오래 남는다.

혹자는 'SNS는 인생의 낭비'라는 퍼거슨 감독의 말을 인용하며 소셜 미디어를 비판하지만, 나는 소셜 미디어 자체가 인생에 해롭다고 생각하지는 않는다. 나름의 장점도 많다. 이모티콘이 유행하면서 격의 없는 대화가 가능해졌다. 한국 사회의 수직적인 문화에 약간의 균열을 냈다고 생각한다. 부모와 자식 사이에도 의사소통이 늘었다. 이런 이유로 나는 벌써 '아재'가 된 친구에게 페이스북이나 인스타그램 사용을 권장한다. 그럼에도 다소 비판적인 얘기를 꺼낸 것은 소셜 미디어가 내 삶을 휘두르지 않도록 주체적으로 사용했으면 하는 바람 때문이다.

유행에 옳고 그름의 잣대를 들이댈 수는 없다. 나팔바지는 옳고 스키니 진은 그른 것이 아니다. 유행은 돌고 돈다. 스웩 래퍼들이 넘쳐나는 덕분에 켄드릭 라마처럼 진솔한 래퍼가 부각되고 예술적으로도 인정을 받는다. 소셜 미디어도 마찬가지다. 온라인상의 광범위한 관계에 지친 사람들이 늘어나면 또 다른 형태의 미디어가 나타나 인기를 끌 것이다. 그건 아마도 소수의 사람을 연결하는 폐쇄적인 미디어일 것이다.

자발적 고립의 즐거움

사회적 동물인 인간은
반드시 무리 속에서 살아가야 하지만
때로는 혼자만의 시간이 필요하다.
혼자는 나와 친해지는 시간이다.

한국 사람만큼 혼자 있기를 두려워하는 민족이 드물다. 최근 들어 혼밥족(혼자 밥 먹는 사람), 혼술족(혼자 술 먹는 사람)이란 신조어가 생기면서 혼자 즐기는 문화가 형성되고 있지만, 아직까지 식당이나 술집, 극장에서 혼자 있는 사람을 보면 '저 사람은 친구도 없나' 하고 이상하게 생각하는 사람들이 많다. 사회적 동물인 인간은 반드시 무리 속에서 살아가야 하지만 때로는 혼자만의 시간이 필요하다. 혼자는 나와 친해지는 시간이다.

연예계 사람들은 일과가 남다르다. 일단 방송이 끝나면 새벽 몇 시가 됐든 뒤풀이를 한다. 방송 프로그램에 출연하려면 피디들을 만나 영업도 하고 인간적 관계도 쌓아야 한다. 뮤지션 대부분이 술을 무척 즐긴다. 벌이가 괜찮으면 고급 술집, 시원찮으면 허름한 술집이란 차이가 있을 뿐이다. 뮤지션 출신의 사업가도 생활 방식은 뮤지션 때와 비슷하다. 밤새도록 술을 마시고 오후 2시에 일어나는 사람도 많다.

그에 반해 나는 샐러리맨처럼 생활한다. 생활의 루틴이 정해져 있다. 어린 시절부터 가족과 떨어져 지내서인지 가족에 대한 애착이 큰 편이다. 내가 그러했듯 아이들도 빨리 독립

할 것이라는 조급증이 있다. 아이들이 크기 전에 최대한 많은 시간을 함께 보내고 싶은 마음이다. 평일과 토요일의 점심은 주로 사업 파트너들과 가지고, 저녁은 정기 모임을 다닌다. 매월 몇째 주 특정 요일에 만나는 모임이 하나둘 늘어나면서 정기 모임 참석이 일상이 되었다. 자투리 시간에는 운동을 하거나 책을 읽고 영화를 본다. 일요일은 무조건 가족과 시간을 보낸다. 서울 근교나 한강, 양재천에서 오후를 보내고 아이들이 먹고 싶어 하는 음식을 먹는다.

나는 짧게라도 가족이나 친구들과 어울리기를 즐긴다. 사랑하는 사람과 어울리는 것을 싫어하는 사람은 없겠지만, 곰곰이 생각해 보면 혼자만의 시간이 충분하기 때문에 그런 것 같다. 방해를 받지 않고 혼자 책을 읽거나 음악을 듣고 영화를 보고 생각에 잠기는 시간이 넉넉히 주어지는 덕분에, 나머지 시간은 잠깐이라도 누군가와 함께 있고 싶어진다.

자발적 고립을 즐기려면 계획된 삶을 살아야 한다. 얼마 전 아내가 아이들을 데리고 갑자기 외출을 했다. 깜빡하고 내게 말하지 않았던 아이들 엄마 모임이었는데, 덜컥 혼자가 되니까 머리가 멍해졌다. 자발적 고립이 아니라 타의에 의한 고립 상황을 맞이하니 평소 혼자 잘 놀던 나도 뭘 해야 할지 막막했다. 라면을 끓여 먹고 소주를 마시면서 영화를 보다 잠이 들었다. 똑같은 혼자만의 시간인데도 시간을 흘려보낸 기분이었다. 혼자만의 시간을 잘 활용하려면 할 일의 목록이 있거나 세밀한 계획표가 있어야 한다. 시간이 많다고 무작정 되는 것이 아니다.

'혼자'의 사전적 정의는 '다른 사람과 어울리거나 함께 있지 아니하고 그 사람 한 명만 있는 상태'다. 그런데 많은 사람이 사전적 정의의 앞부분인 '다른 사람과 함께 있지 아니하고'에 초점을 맞춘다. '혼자'는 여럿이 '아닌' 결핍된 상태, 즉 기피해야 하는 상태가 되고 만다. 그러나 '혼자'의 진정한 의미는 '그 사람 한 명만 있는 상태'에 가깝다. 나 자신과 친해지는 시간인 것이다. 상대의 눈이 아닌 나의 눈으로 내 취향을 파악하고 내 마음을 이해하는 시간이다. 또한 부대끼는 사회생활에서 잠시 벗어나 나와 타인 사이의 거리를 유지하는 일이다. 만원 버스에서 낯선 사람과 지나치게 가까이 붙으면 마음이 몹시 불편하다. 나의 물리적 거리 안으로 타인이 들어왔기 때문이다. 그런데 물리적 거리만 고려할 것이 아니다. 심리적 거리 역시 때로는 적당히 유지할 필요가 있다. 이 모든 것을 가능하게 하는 것이 자발적으로 고립되어 자신에게 몰입하는 순간이다. 창의적이고 생산적인 활동이나 치유 활동의 대부분이 이 순간에 일어난다.

조지타운 대학교의 칼 뉴포트 교수가 쓴 《딥 워크(Deep Work)》에 이런 대목이 나온다.

"장담하건대 산만한 대중을 떠나 집중하는 소수의 대열에 합류하는 일은 인생을 바꾸는 경험이 될 것이다. 물론 모두가 몰입하는 삶을 살 수 있는 것은 아니다. 그러려면 노력을 통해 습관을 뜯어고쳐야 한다. 많은 사람은 신속한 이메일 교류와 소셜 미디어 활동에 따른 인위적인 분주함을 편안하게 느낀다. 그러나 몰입하는 삶을 살려면 이런 일들을 대부분 등져야 한다."

극장에서 우리는 두 시간 동안 스크린에 눈을 고정한다. 다음 주에 있을 미팅이나 밀린 업무 따위는 생각하지 않는다.

고작 영화 한 편에도 몸과 마음을 바친다. 내 인생은 오죽할
까. 적어도 일주일에 두 시간은 나 자신에게 집중해야 한다.

본래의 나를 찾아서

보통 사람은 자식으로서의 나, 직장에서의 나, 친구로서의 나,
어떤 집단에서의 내가 조금씩 다르다.
그러나 대중을 상대하는 직업을 가진 나로서는 불가능한 일이다.
심지어 우리 부모님도 포털 검색창에
'조PD'를 입력한 뒤 나오는 정보를 받아들인다.

대중을 상대하는 직업을 가진 사람은 '본래의 나'와 '대중에게 비친 나' 사이에서 혼란을 겪기 쉽다. 다정다감하고 달콤한 멘트로 유명한 연기자가 세트장 뒤에서는 날건달이나 다름없는 경우도 있다. TV에선 예의 바르고 싹싹한 아이돌이지만 무대를 내려오면 글로 옮기기 어려운 험한 말을 습관처럼 내뱉는 가수도 있다. 일일이 세지는 않았지만 얼추 절반 이상은 무대 위와 아래에서의 모습이 다르다. 이런 연예인들을 비난하고 싶은 마음은 없다. 직업상 어쩔 수 없이 자기 포장을 해야 하고, 그러고 싶지 않아도 소속사에서 대신 해주기 때문이다.

　　문제는 '대중에게 비친 나'가 '본래의 나'로 오인되는 경우에 발생한다. 회사를 운영할 때 연습생들에게 경각심을 주기 위해 한순간 인기를 얻었다가 나락으로 떨어진 가수들의 이야기를 자주 들려줬다. 그래도 애들이 TV에 나오고 나면 완전히 다른 사람이 된다. 눈빛 자체가 바뀐다. 나 연예인이야, 스타야, 이렇게 된다. TV에 잠깐 나와도 그 정도인데, 단숨에 인기를 얻어 하루아침에 세상 사람이 다 알아보는 스타가 되면 어떨까. 과장을 조금 보태면 인간이 아니라 외계인이 된다.

다른 행성에서 날아온 생명체라 여겨질 정도로 딴사람이 된다. 완전히 이성을 잃는다.

이성을 잃는 건 광속인데 다시 지구 땅을 밟기까지는 깃털이 낙하하듯 아득한 시간이 걸린다. 심한 경우 영영 못 밟는 애들도 있다. 인기가 식거나 구설에 오르면 땅에 내려와야 정상인데, 호시절만 기억하고 바로 안 내려온다. 음주 운전이 적발되어 비난을 받고, 이혼을 하면서 입방아에 오르고, 악재가 겹치면서 인기가 더 떨어져도 여전히 대중의 머리 꼭대기에 있다. 웬만한 사람이 보면 절대 이해가 안 가는 일이지만 연예계에선 흔한 일이다.

연예인 대부분이 유명세를 받아들이는 패턴이 있다. 데뷔 초기에는 유명세를 마음껏 즐긴다. 누가 알아봐 주기를 기대하고 일부러 사람이 많은 곳을 다니기도 한다. 몇 년 지나면 사생활을 극도로 중시하며 대중의 눈을 피해 다닌다. 유명하지 않았던, 그래서 아무 곳이나 거리낌 없이 다니던 시절이 그리워진다. 그 고비를 넘으면 무감각해지는 단계가 찾아온다. 사인으로 산 시간보다 공인으로 산 시간이 많아지면서 약간의 불편함은 당연한 삶의 조건이 된다.

내 경우엔 좋았던 시절, 나빴던 시절, 욕먹는 시절을 모두 경험했지만, 그래도 어느 정도는 땅에 발을 붙이고 있었다고 생각한다. 지금이야 과거에 비해 많이 내려왔지만, 한창 인기가 있을 때도 인기에 크게 연연하지 않았다. 그래서 TV에도 자주 나가지 않았다. 또한 본래의 나와 대중에게 비친 내 모습이 달라 정체성에 혼란을 겪지도 않았다.

내가 특별해서가 아니라 힙합이란 장르 자체가 그렇다. 대중 매체로 알려진 나에 대한 정보가 내 본성에서 크게 벗어나지 않아서 아닌 척하고 살아야 할 이유가 없었다. 한번은 싸이가 이런 말을 했다.

"형, 나는 진짜 너무 편한 것 같아. 내가 어디 가서 무슨 짓을 해도 그걸 가지고 비난할 사람이 있어? 나 어차피 그런 이미지인데."

정말 그렇다. 힙합을 하는 사람들은 꾸미지 않고 편하게 산다. 길거리에 쓰러져 구토를 하든 시비가 붙든 사람들이 '저 자식, 정말 생긴 대로 노네' 하고 지나간다. 영화배우나 탤런트, 곱상한 이미지의 아이돌에 비해 래퍼들은 정체성 갈등을 크게 겪지 않고 지나간다.

네이버, 다음, 구글에서 '조PD'를 검색하면 조금씩 다르게 나온다. 사실과 다른 얘기도 있지만 여론 조사로 비유하자면 오차 범위 내에서 모두 사실이다. 연예계 데뷔 이후 생긴 대로 놀았기 때문에 실제 내 모습과 크게 다르지 않다. 잘못된 사실을 발견해도 정정할 필요가 없다. 그럴 법한 일이니까. 연예인치고 살기는 무척 편하지만 한 가지 단점이 있다. 살다 보면 약간의 연기가 필요할 때가 있는데, 그런 자리에선 적이 난감하다.

보통 사람은 자식으로서의 나, 직장에서의 나, 친구로서의 나, 어떤 집단에서의 내가 조금씩 다르다. 어떤 친구는 회사에선 아량이 넓고 점잖은 사람으로 통하지만 친구들 사이에선 엄청난 불평꾼이다. 또 다른 친구는 독단적이란 소리를 들을 만큼 카리스마 있는 경영자로 유명하지만 집에선 그렇게 자상할 수가 없다. 그러나 대중을 상대하는 직업을 가진 나로서는 불가능한 일이다.

아이가 초등학교에 입학한 뒤 나도 학부모 모임이 생겼

다. 아내가 주로 다니고 나는 거의 나가지 않는데, 시간이 지나면 다들 알게 된다. 저 아이가 조PD 아들이구나, 한다. 그러는 순간 이미지 관리는 끝이다. 내가 아무리 근엄한 척하고 지식을 뽐내도 그 사람에게 난 아들 친구의 아버지가 아니라 가수 조PD다. 인터넷에 검색하면 내 과거가 전부 나온다. 예능 프로그램에서 출연진마다 정해진 캐릭터가 있듯 그들에게 내 캐릭터가 고정되는 것이다. 심지어 우리 부모님도 포털 검색창에 '조PD'를 입력한 뒤 나오는 정보를 받아들인다.

다시 본론으로 돌아가자. 그럼 '진짜 나'를 찾으려면 어떻게 해야 할까. 내가 세운 가설이 하나 있다. 가수인 나는 항상 다음 수확기를 고민해야 한다. 이 바닥의 생리가 그렇다. 앨범을 내면 곧바로 다음 앨범을 준비해야 한다. 일하라고 등 떠미는 사람도 없고 출근 시간도 없고 정년도 없다. 무한한 자유가 있는 만큼 혼자 책임져야 한다는 불안감이 있다. 내 장점과 단점이 뭔지, 내 위치가 어디인지 날마다 고민할 수밖에 없다. 주어진 하나의 길을 앞만 보고 달릴 때는 자아고 뭐고 생각할 필요가 없다. 선택권이 없는 대신 안전하다. 그러나 갈림길이 많으면 여기로 갈까 저기로 갈까 머리가 복잡해진다. 한참 달리다가도 잘못된 길을 택한 건 아닐까, 목적지에 닿지 못하는 건 아닐까 불안감이 엄습한다. 자연히 사방을 살피고 자아를 찾는 여행에 돌입하게 된다. 드디어 답이 나왔다. '진짜 나'를 찾고 싶다면 계속해서 새로운 도전에 나서면 된다.

1996년 뉴욕

제가 살던 아파트에 우탱 클랜이 살고 있었으니 말 다 했죠.
제이지도 지나가다 마주치고.
뉴욕이란 공간이 힙합의 거점이었기 때문에
힙합에 빠져들지 않을 수 없었어요.

편집부 '본래의 나'에 가장 근접한 때가 언제일까요?

조중훈 옛날이나 지금이나 제 마음이 끌리는 대로 살아온 편이지만, 굳이 특정한 해를 꼽자면 1996년 뉴욕에 머물던 때가 아닌가 싶어요. 1995년 파슨스 디자인 스쿨에 입학해서 2학년이 되었을 때인데, 그즈음 힙합에 심취해서 가수가 되고 싶다는 생각을 막연히 가졌어요. 집안에서 하는 사업이나 부모님 눈치를 따지지 않고 진정으로 제가 원하는 것에 푹 빠져서 지냈던 시기였죠.

편집부 힙합을 처음 접한 건 언제였습니까?

조중훈 1991년 미국에 유학을 왔을 때만 해도 록을 좋아했어요. 세계적인 유행이었죠. 라디오를 틀면 그린데이, 펄잼, 너바나의 노래가 계속 나왔어요. 그런데 기숙사 옆방에 흑인 친구가 있었어요. 그 친구가 할렘 문화를 기숙사로 가지고 왔죠. 밤낮없이 힙합만 틀어 놓는 거예요. 하도 많이 들어서 아직도 기억이 나요. 노티 바이 네이처의 〈오피피(O.P.P.)〉, 퍼블릭 에너미의 〈파이트 더 파워(Fight the Power)〉를 가장 많이 들었어요.

편집부 첫 느낌이 어땠죠? 내 인생의 음악이다, 싶었나요?

조중훈 엄청 듣기 싫었어요. (웃음) 제가 록 밴드를 하던 때였으니까요. 힙합은 기타 솔로가 없잖아요. 그 친구한테 '이건 음악도 아니야' 이러면서 싸우고 그랬죠. 그런데 자꾸 들으니까 조금씩 빠져드는 거예요. 저도 모르게 어느 순간 디제잉이 하고 싶더라고요. 미국은 집 주차장 앞에 쓰레기를 내놓는데, 가끔 쓸 만한 물건이 나와요. 주차장을 돌아다니면서 전축이나 스피커, 턴테이블을 하나씩 주워 모아서 혼자 믹스를 했어요. 그러다 멜로디 라인을 얹을 때 랩을 도입하기 시작했죠. 곡을 쓰려면 랩을 더 알아야 하니까 점점 더 파고들었어요. 그때부턴 혼자 랩 쓰고 녹음하고 그랬죠.

편집부 그 시절 어떤 래퍼를 좋아하셨어요?

조중훈 1990년대 중반에 힙합을 들은 사람이라면 누구나 그랬겠지만, 저 역시 노토리어스 비아이지와 투팍의 팬이었어요. 그 둘이 제 음악에 굉장한 자양분이 되었죠.

편집부 둘의 음악이 어땠는데요?

조중훈 1990년대 중반 힙합은 음악적으로 완전한 성숙기를 맞았어요. 완성도 높은 명반이 쏟아져 나왔고, 랩이 차트를 점령했죠. 투팍은 힙합 가사의 지평을 넓혔어요. 초기에는 〈디어 마마(Dear Mama)〉 같은 곡을 통해 블랙 팬서스(Black Panthers · 미국의 급진적인 흑인 운동 단체), 인권, 가족, 흑인 커뮤니티를 얘기했지만, 자기 말로는 성폭행을 했다는 오명을 써서 1995년에 감옥을 다녀온 이후 완전히 달라졌어요. LA에 있는 데스 로우(Death Row · 닥터 드레와 스눕 독을 중심으로 설립된 레코드사) 레코드 사장이 보석금 140만 달러를 대신 내주는 조건으로 데스 로우에서 앨범을 내기로 합의해요. 보석 출감 직후 녹음해서 발매했는데, 완전 갱스터 앨범이었어요. 그 앨범이 1000만 장 넘게 팔리면서 1996년부터 힙합의 전성기가 시작돼요. 투팍이 가사의 스펙트럼을 넓혔다면, 노토리어스 비아이지는 라임의 새로운 패러다임을 열었죠. 단어를 주고받는 패턴이 다른 래퍼들과 완전히 달랐어요. 빌보드에서 선정한 '역사상 가장 뛰어난 래퍼(Greatest Rappers of All Time)' 1위인데 오죽하겠어요.

편집부 그 둘은 각각 미국 서부(투팍)와 동부(노토리어스 비아이지)를 대표하는 래퍼인데, 어느 지역의 힙합을 더 좋아하셨어요?

조중훈 힙합은 미국 동부인 뉴욕에서 태동했어요. LA로 건너

가면서 닥터 드레의 색깔을 입힌 것이 서부 힙합이 되었죠. 닥터 드레는 멜로디컬한 신시사이저를 즐겨 썼어요. 힙합이지만 마이클 잭슨의 음악 같은 거죠. 반면에 뉴욕은 디제이 턴테이블 베이스였어요. 여덟 마디의 반복이죠. 그게 동부와 서부의 차이인데, 저는 둘 다 좋아했어요. 사실 구분이 모호한 구석도 있어요. 동부와 서부가 서로 영향을 주고받았거든요. 동부 힙합에 속해 있던 퍼프 대디는 나중에 노토리어스 비아이지가 죽고 나서 〈아일 비 미싱 유(I'll Be Missing You)〉 같은 곡들을 발표해요. 80년대 음악들로 샘플도 만들었죠. 닥터 드레의 곡보다 오히려 듣기 편해요.

편집부 1996년 뉴욕에서의 생활은 어땠습니까?

조중훈 제가 다니던 학교가 뉴욕 42번가에 있었어요. 1994년 투팍이 처음 총에 맞은 곳이 42번가 스튜디오였죠. 제가 다니던 학교(파슨스) 바로 앞이었어요. 투팍은 그 사건의 배후에 동부 힙합의 상징인 노토리어스 비아이지가 있다고 의심했어요. 라이벌이었던 둘의 얘기는 정말 영화 같았어요. 아직도 생생히 기억나는 장면이 있어요. 1996년 9월에 체육관에서 운동을 하고 있는데 투팍이 괴한의 총에 맞았다는 속보가 나왔어요. 6일이 지나고 죽었다는 뉴스가 흘렀죠. 그때도 노토리어스 비아이지가 일을 꾸몄다는 얘기가 친구들 사이에서 돌았어요. 그런데 이듬해 노토리어스 비아이지도 괴한의 총에 맞아 죽었죠. 그런 사람들과 생활하는 공간이 같았으니 저한테는 피부에 와 닿는 현실이기도 했어요.

편집부 뉴욕 42번가면 타임스퀘어가 있는 곳인데, 번화가에서 그런 일이 가능합니까?

조중훈 당시만 해도 42번가는 우범지대였어요. 1993년에 뉴욕 시장에 당선된 루돌프 줄리아니가 범죄와의 전쟁을 선포한 이후 지금처럼 깨끗해진 거예요. 그 전까지는 밤에 돌아다니기가 어려웠죠.

편집부 힙합의 황금기를 전설들과 같은 공간에서 보낸 셈이네요.

조중훈 그렇죠. 그래서 힙합을 더 빨리, 피부로 접할 수 있었다고 생각해요. 힙합에 관심이 있는 누군가가 외국 기사를 번역해서 '얼마 전에 미국에서 이런 일이 있었대'라고 상황을 전해주는 게 아니라 제 눈과 귀로 직접 보고 들을 수 있었으니까요.

제가 살던 아파트에 우탱 클랜이 살고 있었으니 말 다 했죠. 제이 지도 지나가다 마주치고. 뉴욕이란 공간이 힙합의 거점이었기 때문에 힙합에 빠져들지 않을 수 없었어요.

6장

살며 사랑하며 배우며

살며 사랑하며

노래에서 얘기하는 사랑은
대개 연인 사이의 순간적인 불꽃이에요.
그런데 부부, 가족 간의 사랑은
꺼지지 않는 지속적인 사랑이죠.
미운 정 고운 정이 다 들어 있는 거예요.
그야말로 인연인 거죠.

편집부 아내와 아이들에 대한 얘기를 해볼게요. 유학 시절에 아내를 처음 만나셨는데, 그때 첫인상이 어땠습니까?

조중훈 미국 유학을 가서 고등학교 1학년 여름 학기 때 처음 만났는데 보자마자 좋아하게 됐어요. 긴 생머리가 바로 눈에 띄었죠. 우리 학교에 다니던 동양인 중에 제일 예뻤어요.

편집부 동양인이 얼마 없었던 거 아니에요?

조중훈 아니에요. (웃음) 중국, 일본, 태국, 말레이시아…… 합해서 20~30명은 됐던 걸로 기억해요.

편집부 어떻게 가까워지셨어요?

조중훈 제가 한 학년 위였지만 미국 중·고등학교는 대학처럼 과목을 선택해서 들어요. 겹치는 과목을 같이 수강했고, 다음 수업으로 이동하는 사이에 쪽지를 주고받다가 자연스럽게 친해졌어요. 그러다 어느 순간 사귀게 되었고요. 아내 말로는 그때 그 쪽지를 아직 가지고 있대요.

편집부 만남과 헤어짐을 반복하다가 2004년 한국에 들어와서 동창회에서 재회하셨다고.

조중훈 정말 오랜만에 만났는데 별로 변한 게 없더라고요. 그

날은 둘이서 얘기를 많이 하진 못했어요. 다른 친구들도 많아서 다 함께 옛날 얘기를 하는 즐거운 분위기였어요. 그 이후로 자주 봤죠. 바로 그다음 날에도 해장하자면서 만났고. 제 연말 콘서트에도 초대했어요. 자연스럽게 다시 만나는 분위기가 조성됐어요. 거의 매일 붙어 다녔죠.

편집부 청혼은 하셨어요?

조중훈 저녁 식사를 한 다음에, 주문했던 케이크에 반지를 숨겨서 청혼했어요.

편집부 그거 의외로 찾기 힘든데.

조중훈 맞아요. 당연히 못 찾죠. 그래서 제가 막 뒤져서 꺼냈어요. (웃음)

편집부 결혼 초기와 지금을 비교할 때 달라진 점이 있다면?

조중훈 둘의 관계는 달라진 게 별로 없어요. 어릴 때 느꼈던 감정이 여전히 강하게 남아 있어서 그런지 오래된 친구 같은 느낌이에요. 굳이 변한 점을 꼽자면, 애들이 생겼으니까 가족이 늘었다는 것 정도예요.

편집부 아내와 둘이 보내는 시간은 많이 있습니까?

조중훈 애들이 생기고 나서는 단둘이 보내는 시간이 많지 않아요. 평일에 저는 제 업무를 처리하고, 아내는 애들 일정을 최우선으로 움직이죠. 저녁에는 애들 숙제를 봐주느라 특별한 일 없이 지나가는 편이에요.

편집부 그럼 주말은요?

조중훈 주말도 애들 일정에 맞춰 움직여요. 지난주에는 첫째가 덕수궁에서 역사 수업을 했는데 아내가 따라갔어요. 그럼 제가 집에서 둘째를 봐야 하니까 우리도 같이 갔어요. (웃음) 오후 1시에 시작해서 5시에 끝났는데, 광화문에 국수 잘하는 집이 있다기에 다 같이 저녁을 먹고 들어왔어요. 주말에는 보통 가족과 함께 서울 근교에 다녀오거나 맛있는 걸 먹으러 다니는 편이에요.

편집부 어떤 남편이세요?

조중훈 그건 아내에게 물어봐야 할 질문 같은데…… 제 입으로 말하면 좋은 얘기만 나오지 않을까요? (웃음) 그래도 굳이 얘기하자면 지난번 부부 모임에서 아내가 그런 질문을 받으니까 이러더라고요. 스위트한 점이 좋다고.

편집부 스위트한 게 어떤 거죠?

조중훈 제가 자상할 때는 아주 자상해요. (웃음) 남의 떡이 더 커 보이는 사람도 있겠지만, 저는 저에게 주어진 조건을 최고라고 생각하는 성향이에요. 사람이든 상황이든 물건이든 뭐든 그래요. 그래서 그런 것 같기도 하고.

편집부 내 아내는 이게 최고다, 하는 부분이 있다면 뭘까요?

조중훈 어디 하나 꼬인 구석이 없어요. 그게 정말 좋아요. 설명하기 참 힘든 부분인데, 뭐랄까…… 사람을 힘들게 하지 않아요. 일어나지 않은 일을 상상하고 의심하거나 넘겨짚지 않아요. 어려서부터 만나서인지 서로 모르거나 숨기는 게 없으니까 함께 있으면 마음이 정말 편하죠.

편집부 아이들에겐 어떤 아버지인가요?

조중훈 평소엔 친구 같다가 갑자기 아빠가 되는, 무서워지는 사람이에요. 교육이 필요한 순간이 오면 바로 돌변해요. 작은 예를 들자면 어른에게 뭘 줄 때는 두 손으로 드려야 하는 것처럼, 지금 이 순간 바로잡지 않으면 나중에 더 나빠지겠다 싶을 때는 단호하게 이야기하는 편이에요.

편집부 많이 놀아 주는 편인가요?

조중훈 시간을 쪼개서라도 아이들과 어울리려고 해요. 놀아 준다기보다 사실 제가 노는 거예요. 어떤 사람들은 결혼하고 나서 총각 친구들이 부럽고 따라 하고 싶다고도 하는데, 저는 전혀 그렇지 않아요. 애들과 노는 것이 제일 재밌어요. 그 과정에서 배우는 게 정말 많아요.

편집부 배운다고요?

조중훈 애들만이 할 수 있는 언어가 있어요. 어른이 때와 장소를 가리지 않고 말하면 실언이고 주책이지만, 애들은 그렇지 않아요. 의도된 순수와 진짜 순수의 차이라고 생각해요. 어른의 언어와 사고는 관념화되어 있어요. 가령 애들이 너무 당연한 걸 물어보면 어른들은 기승전결에 맞는 대답을 하려고 해요. 그러면 애들은 못 알아듣죠. 애들은 직관적으로 말해 줘야 이해해요. 그런 답을 찾는 과정에서 배우는 게 많아요. 관념적으로 세상을 바라보던 부분을 애들 덕분에 조금은 교정할 수 있는 거죠.

편집부 아이들만 할 수 있는 말이라면 어떤 것이 있을까요?

조중훈 한번은 라디오에서 이런 얘기를 들었어요. 아이가 컴퓨터 게임을 하다가 '게임 오버'란 말이 화면에 떴어요. 아빠가 아이에게 게임 오버가 무슨 뜻인지 아느냐고 물었더니, 아이가 그러더래요. '다시 시작하라는 얘기야.' 애들밖에는 할 수 없는 발상이죠. 어른에겐 사소하고 흔한 일도 애들에겐 첫 경험이라 그런 기발한 말이 나오는 것 같아요. 깨닫는 점이 정말 많았어요.

편집부 사랑이란 뭐라고 생각하세요?

조중훈 노래에서 얘기하는 사랑은 대개 연인 사이의 순간적인 불꽃이에요. 그런데 부부, 가족 간의 사랑은 꺼지지 않는 지속적인 사랑이죠. 정(情)도 포함돼요. 미운 정 고운 정이 다 들어 있는 거예요. 미운 점도 있지만 그럼에도 불구하고 한평생 함께할 수 있다는 건, 잠깐의 사랑만으론 불가능하다고 생각해요. 그야말로 인연인 거죠.

편집부 부부 싸움은 잘 안 하시겠어요.

조중훈 엄청 싸워요. (웃음)

편집부 주로 어떤 걸로 싸우세요?

조중훈 요즘은 주로 교육 문제로 싸워요. 아, 정정할게요. 교육 문제로 싸운다기보다 교육 문제로 예민해진 상태에서 다른 사소한 것들로 싸워요.

편집부 교육 문제라면 어떤 겁니까?

조중훈 한국 부모에겐 자식이 전부잖아요. 우린 우리대로 가르친다고 가르치지만, 막상 주위의 조언을 들으면 생각이 복잡해져요. 더구나 애들이 지금 한국에서 학구열이 가장 높다는 대치동에서 학교를 다니고 있어요. 주변 학부모를 만나면 '우리가 지금 잘하고 있나' 이런 생각이 들어요. 부모들의 스펙트럼이 굉장히 다양해요. 유학이 좋다는 부모, 한국이 좋다는 부모, 자율이 좋다는 부모, 스파르타 방식이 좋다는 부모…… 그때그때 합리적인 교육 방법을 취하고는 있지만 반대되는 의견을 들으면 스트레스를 받죠.

편집부 여느 한국 부모와 다를 게 없네요.

조중훈 한국 부모는 다들 거기서 거기예요. 하나도 다를 바 없어요. 제 친구들은 제가 자유분방하게 학교생활을 했기 때문에 애들을 방목할 거라고 생각하는데, 그런 친구들은 해외에

살거나 한국에 있어도 아이들을 외국인 학교에 보내는 친구들이에요. 저는 제도권 교육에서 정말 평범한 학부모로 애들을 가르치고 있어요. 제 학창 시절과 비교할 땐 아이러니하죠.

편집부 조PD에게 가족이란 어떤 의미인가요?

조중훈 작게는 가족, 크게는 마을과 국가, 이런 공동체가 해체되고 있어요. 그런데 가족만큼은 끝까지 유지하고 지켜야 할 최소한의 단위인 것 같아요. 점점 개인화되면서 뭐든 혼자 해결하는 '혼족'이 늘고 있어요. 하지만 사람은 사회적 존재잖아요. 아프거나 힘들 때 기댈 수 있는 존재가 있어야 하는데, 최소한의 단위마저 없으면 삶이 너무 힘들고 각박할 것 같아요. 마을이나 국가 같은 더 큰 범위까지 지키고 가꾸면 좋겠지만, 그게 쉽지 않다면 최소한 가족 단위만이라도 소중히 생각해야 하지 않을까 싶어요.

콜라보레이션은 곱하기다

한적한 시골 도로를 운전하다가
인순이 누나의 리사이틀 간판을 발견했다.
산길의 식당 입간판처럼 나무토막에 포스터가 붙어 있었는데,
인순이 누나 같은 대가에게 걸맞지 않았다.
서울에 올라가면 곧바로 누나를 만나야겠다고 생각했다.

2010년대 들어 콜라보레이션(collaboration)이 가요계의 트렌드로 부상했다. 음원 차트에서 반응이 좋은 보컬이나 래퍼가 신인과 호흡을 맞춰 신인을 띄우거나, 컴백할 때 홍보 효과를 극대화하기 위해 콜라보레이션을 활용한다. 우리나라에서 나는 거의 최초로 콜라보레이션을 시도했다. 1999년에 발표한 2집 앨범의 타이틀곡 〈피버〉에서 이정현에게 피처링(featuring·다른 가수의 노래에 참여하는 것을 말한다)을 맡겼다. 그 앨범에선 싸이와 윤미래도 피처링에 참여했다.

미국에선 흔한 작업 방식이지만 당시 한국에는 피처링이란 개념이 없었다. 미국에서 살다 온 뮤지션들이야 잘 알고 있었지만, 일반 제작자나 가수는 '자기 노래를 왜 남이 불러?' 이런 반응을 보였다. 그래서 콜라보레이션이란 개념을 설명할 때 애를 많이 먹었다. 015B의 방식처럼 객원 가수로 참여하라는 뜻으로 받아들인 사람도 많았다. 앨범에 피처링이란 단어를 삽입한 곡을 수록한 건 내 2집 앨범이 처음이었다.

나는 가수이자 동시에 프로듀서 역할도 맡았다. 곡의 완성도를 높이기 위해 특정 악기를 사용하듯 보컬 역시 같은 선상에 놓고 고민했다. 내가 가성으로 부르는 것보다 여자 가수가 부르는 것이 낫다면 당연히 여자 가수를 물색하는 것이다. 음악의 완성도 앞에서 사적인 욕심은 작동하지 않는다.

콜라보레이션 상대를 결정할 때는 크게 두 가지를 고려한다. 먼저, 음악적으로 필요한 목소리와 창법, 리듬감을 지닌 가수를 찾는다. 그런 다음 비즈니스 측면에서 화제가 되는 가수를 우선적으로 택한다. 비용은 경우마다 다른데, 나는 이제까지 콜라보레이션을 하면서 돈거래는 하지 않았다. 누가 날 도와주면 그쪽에서 날 필요로 할 때 나도 도와주는 품앗이 개념으로 했다. 그런데 몇 해 전부터 콜라보레이션이 일반화되면서 상업적인 면을 갖추기 시작했다. 인기 가수의 경우 수익의 얼마를 달라는 조건을 제시하기도 한다. 보통 드라마 삽입곡이 그런 식으로 이뤄진다. 러닝 개런티 방식이다 보니 출연 배우와 시나리오까지 검토한다. 프로듀서와 방영 요일, 시간대도 중요하다. 한편 일정한 가창료를 받는 경우도 있다. OST 퀸이라 불리는 가수들의 가창료는 한 곡에 5000만 원, 혹은 그 이상이다.

나는 많은 가수들과 콜라보레이션을 했지만 가장 기억에 남는 건 2004년에 〈친구여〉를 함께 부른 인순이 누나다. 인순이 누나는 흑인 음악을 하는 사람이라면 누구나 동경하는 선배다. 나 역시 언젠가 꼭 한번 같이 작업하고 싶은 마음이 있었다. 직접적인 계기는 어느 여행길에서 생겼다. 한적한 시골 도로를 운전하다가 인순이 누나의 리사이틀 간판을 발견했다. 산길의 식당 입간판처럼 나무토막에 포스터가 붙어 있었는데, 인순이 누나 같은 대가에게 걸맞지 않았다. 서울에 올라가면 곧바로 누나를 만나야겠다고 생각했다.

　　인순이 누나에게 연락을 했더니 먼저 가사를 보자고 했다. 내가 욕설이 섞인 가사를 자주 쓰니까 혹시 또 그런 노래가 아닐까 걱정한 모양이었다. 가사를 보시고는 나쁘지 않다고 하셔서 의기투합을 하게 되었다. 방송 10회 정도를 같이 나가기로 사전에 합의하고 녹음을 시작했다. 그리고 〈윤도현의 러브레터〉에서 첫 무대를 가졌는데, 기립 박수가 나왔다. 그 순간 우리가 맺은 사전 합의가 깨졌다. 그 뒤로 3개월간 차트 1위를 차지하며 전국에 수백 회 공연을 함께 다녔다.

사실 〈친구여〉를 처음 작곡했을 때는 바다를 염두에 뒀었다. 그런데 바다는 대형 기획사 소속이라 아티스트끼리 개인적으로 연락해 공동 작업을 하기가 쉽지 않았다. 그러다 여행길에서 인순이 누나를 떠올리고는 연락을 하게 된 것이다.

인순이 누나가 아닌 바다와 함께 〈친구여〉를 했어도 그만한 성공을 거둘 수 있었을까. 주위에서 그런 질문을 자주 한다. 정답은 '안 해봐서 모른다'지만, 가정을 해보자면 인순이 누나에게 더 어울리는 곡이었다고 생각한다. 인순이 누나의 연륜이 바탕이 되었기에 오랜 친구들과의 옛 추억을 노래한 가사가 더욱 빛날 수 있었다.

2006년에는 브라운 아이드 걸스와 〈홀드 더 라인(Hold The Line)〉이라는 곡을 함께했다. 소속사의 대주주가 나와 절친한 윤일상 작곡가였다. 그 회사는 외부 기관에서 큰 투자를 받고 넉넉한 환경에서 출범했는데, 히트작이 나오지 않고 있었다. 그러던 차에 일상 형이 스테이크를 사주면서 콜라보레이션을 제안했다. 트랙을 듣고는 바로 가사를 써주고 녹음에 들어갔다. 출시되자마자 차트 16위로 진입하더니 이내 1위에 올랐다. 그해 8월에 디지털 뮤직 어워드를 받았다. 인지도를 쌓은 브라운 아이드 걸스는 그때부터 연달아 히트곡을 냈다. 그 뒤로 일상 형이 술을 자주 샀다.

콜라보레이션을 상징하는 기호는 곱하기다. 더하기도 아니고 빼기도 아니고 나누기도 아닌 이유가 있다. 콜라보레이션은 상대와 나의 열정과 재능, 실력을 곱하는 일이다. 누가 누군가의 장점을 일방적으로 취하는 것이 아니라 서로 득이 되는 협업 방식이다.

함께하며 배운다

혼자 작업하면 자기 스타일이 듬뿍 묻어나는 곡을 만들 수 있지만,
자아가 지나쳐서 자기만의 세계에 갇힐 때는
약간의 환기가 필요하다.
다른 가수와 작업을 하는 것도 좋은 해법 중 하나다.

낯간지러운 얘기지만 나와 콜라보레이션을 했던 뮤지션들은 무명 가수에서 이름을 알리거나, 침체기에 있다가 재조명을 받는 일이 많았다. 나름의 성공 비결이 뭘까 생각해 봤다. 우선 네임 밸류가 있으면 차트에 진입하기 수월하다. 음악적인 신뢰를 쌓지 못한 신인은 음원 차트에 이름을 올리기가 굉장히 어렵다. 그러나 어느 정도 알려진 가수가 참여한 곡이라면 대중이 노래를 일단 들어는 본다. 그 수요만 해도 순위권에 들어갈 정도는 된다. 차트에서 내려가지 않고 버티려면 음악성과 대중성을 갖춰야 하지만, 일단 차트에 들려면 무엇보다 화제성이 필요하다. 신인 가수와 공동 작업을 할 때는 내가 그런 화제성을 채워 줄 수 있다. 나 역시 '저 친구는 음색이 정말 좋은데 인지도가 없어서 참 아쉽다'는 생각을 하고, 조금만 스파크가 일어나면 잘되겠다는 믿음을 가지고 접근한다.

한편, 침체기에 있던 가수와의 협업이 성공한 이유는 아무리 생각해도 설명할 도리가 없다. 이름값으로 치면 나보다 유명한 선배가 많았다. 곰곰이 따져 보다가 결국 내가 내린 결론은 인복이다. 나의 콜라보레이션이 성공한 가장 큰 이유는,

신인이든 선배 가수든 내가 인복이 많았기 때문이 아닌가 싶다. 좋은 가수를 만나 작업했으니 당연히 좋은 결과가 나올 수밖에 없다.

혼자 작업하면 자기 스타일이 듬뿍 묻어나는 곡을 만들 수 있지만, 자아가 지나쳐서 자기만의 세계에 갇힐 때는 약간의 환기가 필요하다. 다른 가수와 작업을 하는 것도 좋은 해법 중 하나다. 혼자 하는 일이 아니기에 파트너의 입장도 헤아리고 서로의 취향을 녹여내야 한다. 게다가 콜라보레이션을 먼저 부탁할 정도의 가수라면 상당한 내공을 갖춘 뮤지션이기 때문에 그 사람의 관점으로 문제를 들여다보는 것 자체가 상당한 영감과 자극이 된다.

나는 영광스럽게도 대선배들과 콜라보레이션을 많이 해봤다. 주현미 누나, 인순이 누나, 박미경 누나처럼 가요계에 한 획을 그은 선배들과 작업을 해보니, 그분들이 어떻게 최고가 됐는지 금방 알 수 있었다.

인순이 누나와 작업할 때는 약간의 가이드를 드리긴 했지만 즉흥으로 뽑아야 하는 라인이 많았다. 가창력을 떠나서 경험이 많지 않은 가수에게 "이 파트는 훅이니까 이 위에 라인을 즉흥으로 던져 봐"라고 하면 나오는 게 뻔하다. 10년 차가 넘은 가수들도 별반 다르지 않다. 그런데 인순이 누나처럼 30년 경력이 넘는 가수들은 부를 때마다 새로운 게 나온다. 나중에 거기서 괜찮은 걸로 뽑아 쓰면 된다. 그야말로 순간의 창작이다.

내 기억 속의 주현미 누나는 TV만 틀면 1등 트로피를 들고 있던 사람이다. 1980년대 중반부터 1990년대 초반까지 줄기차게 히트곡을 발표했다. 가요계가 조용필 천하라면 트로트계는 주현미로 통했다. 그 이상이 없는 대가였다. 그런 사람이 까마득한 후배 앞에서 수줍어하며 자기 검열을 반복했다. 자신이 곡을 잘 해석하고 있는지, 자신이 얘기하는 게 맞는지 계속 물었다. 그러다 막상 녹음실에 들어가니까 걱정을 왜 했나 싶을 정도로 너무 잘했다. 실력이 어중간한 사람들이 보통 자격지심도 많고 성질도 부리고 이것저것 요구하면서 떼를 쓴다. 그런데 진짜 실력이 꽉 찬 사람은 절대 그렇지 않다. 그냥 인간 대 인간이다. 음악과 사람 앞에 한없이 겸손한 주현미 선배를 보면서 나는 또 한 번 성장할 수 있었다.

박미경 누나는 완전 외국인이다. 영어를 쓰는 게 어울릴 정도로 미국식 마인드를 지니고 있다. 나이와 지위를 따지지 않고 합리적으로 판단해 결정한다. 자존심 대결이나 감정싸움에 시간을 허비하지 않으니 작업 속도가 빠를 수밖에 없다. 누구에게나 격의 없이 말하고 모르는 것을 부끄러워하지 않는다. 씩씩하고 털털하다. 한마디로 성격 좋은 동네 형 같다. 누나 성격처럼 녹음도 금방 끝냈다.

후배 중에선 라디가 기억에 남는다. 데뷔 초기에는 겉멋이 들기 마련인데, 그때도 라디는 하루의 반 이상을 음악에 투자했다. 내가 어렸을 때 작업실에 침대와 컴퓨터를 갖다 놓고 자고 일어나면 곧바로 작업하던 방식을 라디 역시 누가 시키지 않아도 하고 있었다. 지코도 비슷했다. 다른 것을 취하기 위한 도구로서의 음악이 아니라 음악 자체가 목적이었다. 직업의식이 투철한 후배들을 볼 때마다 내 삶을 돌아보게 된다.

대학이 사라진다

종신 고용이 익숙한 베이비붐 세대에겐
낯선 풍경이겠지만 어찌 보면 당연한 얘기다.
20대 초반에 회계학을 몇 년 배웠다고
60살까지 회계만 하고 살라는 법은 없다.

미국에는 학업을 장려하지 않는 장학금이 있다. 페이스북 초기 투자자이자 페이팔(PayPal · 온라인 전자 결제 시스템을 제공하는 업체)의 공동 창업자인 피터 틸이 만든 틸 장학금이다. 대학을 중퇴하고 창업하는 학생에게 10만 달러를 지원한다. 하루가 다르게 변하는 세상이라 대학교 1학년 때 배운 지식은 졸업할 때쯤이면 쓸모없는 잡학이 된다. 대학에서 시간을 낭비하지 말고 빨리 사회에 나와 새로운 일에 도전하라는 취지로 장학금을 지급한다.

구글이 선정한 최고의 미래학자인 토마스 프레이는 2030년이면 대학의 절반이 사라진다고 예측한다. 평균 80년인 인간의 생애주기로는 '대학이 사라진다고? 설마 그럴 리가' 하고 넘겨 버리기 쉽지만, 한 발 물러서서 역사를 바라보면 대학 자체가 필수는 아니다. 우리나라에 근대적인 대학이 등장한 것도 사실 100년밖에 되지 않았다. 필요한 건 시대에 맞는 교육 내용이지 대학이라는 교육 제도가 아니다. 나 역시 버클리 음대에 입학하긴 했지만 이미 음악을 충분히 독학한 이후였다. 단지 음악인들과 네트워크를 쌓기 위한 목적이었다. 음대를 다닌 덕분에 가수가 된 것은 아니란 소리다.

머지않아 사라질 물리적 공간인 대학의 빈자리를 이제 일
상(평생) 교육이 차지할 것이다. 4차 산업 혁명 시대로 접어들면
서 평생직장이란 개념이 사라지고 있다. 예전에는 직장을 자
주 옮겨 다니면 조직에 융화되지 못하는 괴팍한 사람인가, 하
는 오해를 샀다. 그러나 요즘은 오히려 성공적인 커리어 관리
의 표본 같은 느낌이다. 말하자면 직장 문화의 미국화가 이뤄
지고 있다. 연방 제도를 채택하고 있는 미국에서 각 주는 연방
정부의 하위에 있는 정부가 아니라 독립된 정부다. 지방 자치
가 상식이고 지방마다 문화와 특색이 다르니, 미국의 젊은이
들은 카운티나 주 단위에서 사회생활을 시작한다. 그곳에서
경력을 쌓은 뒤 전국 단위의 기업으로 옮기는 경우가 많다. 이
직에 대한 사회적 인식이 너그러울 수밖에 없다.

이제는 한 가지 지식과 기술로 평생을 버티기 어렵다. 가
수가 도태되지 않기 위해 새로운 트렌드를 끊임없이 익히듯,
일반 샐러리맨도 평생 공부해야 하는 시대가 왔다. 중·고등학
교 때 하도 시달려서 공부라고 하면 벌써 머리가 지끈거리지

만, 현대 사회의 배움은 단순한 주입식 암기 교육이 아니다. 기타와 피아노를 배우듯 먹고사는 데 필요한 툴의 사용법을 익히는 실무 교육이다. 학문의 영역에만 갇히지 않고 실용과 적용을 오가니 배우는 재미가 쏠쏠하다.

배움의 내용이 변하면서 형식도 달라지고 있다. 이제 배움은 학교라는 공간에서만 일어나지 않는다. 요 몇 년 사이 온라인 교육 과정인 무크(MOOC·Massive Open Online Course)가 세계적인 인기를 끌고 있다. 우리나라에선 아직 교양 강좌 수준에 그치고 있지만 미국에선 실제 삶에 깊숙이 들어왔다. 구글이나 페이스북 같은 글로벌 IT 기업들이 두어 달 과정의 무크 수업을 이수한 사람들을 우선 채용한다. 10년 전에 공대를 졸업한 엔지니어가 무크에서 딥러닝 코스를 이수해 재취업에 성공한다. 대학은 4년을 꼬박 다녀야 학위를 받지만, 무크에선 두어 달을 투자해 학위와 비슷한 성격의 자격 증명을 받는다. 그 증명서를 들고 실리콘밸리 내에서 다른 기업, 다른 포지션으로 옮겨 다닌다. 종신 고용이 익숙한 베이비붐 세대에겐 낯선 풍경이겠지만 어찌 보면 당연한 얘기다. 20대 초반에 회계학을 몇 년 배웠다고 60살까지 회계만 하고 살라는 법은 없다.

　사실 현실에서 마주하는 이슈들이 전부 공부할 거리다. 책을 내기로 했다면 출판 시스템도 어느 정도는 알아야 한다. 스타트업에 투자한다면 세계 경제의 흐름부터 유명 투자자의 투자 방식, 회사 분석 기법을 배워야 한다. 부동산도 필수적인 공부 대상이다. 투기 목적에서가 아니다. 적어도 나와 내 가족이 살 곳은 내가 판단해야 하니 최소한의 지식은 갖춰야 한다. 가끔 부동산 개발이나 신종 사업에 뛰어들었다가 사기를 당했다는 연예인의 소식이 들리는데, 십중팔구 지인의 말만 듣고 투자해서 그렇다. 타인에게 업무를 위임하더라도 알고 맡기는 것과 모르고 맡기는 것은 완전히 다른 차원이다. 사소한 일이야 그렇다 쳐도 중요한 문제에 있어서는 본인이 알고 선택해야 한다.

　살다 보면 몰라서 당하는 경우가 종종 있다. 특히 연예인의 납세 문제는 웬만한 규모가 넘으면 회계사가 도맡는다. 회사나 매니저가 대행하기도 한다. 그런데 회사와 매니저는 아무래도 본인이 아니다 보니 다소 소홀히 처리할 수 있다. 그러다 일이 잘못되면 피해는 연예인이 본다. 세금을 탈루한 연예인을 옹호하는 건 아니다. 그러나 정말 몰라서 당하는 사람도 더러 있다. 모르면 배워야 한다.

요새 나는 자꾸 코딩에 눈길이 쏠린다. 코딩이 마법의 도구처럼 느껴진다. 작곡, 편곡을 할 때 시퀀싱이라는 프로그램을 사용하는데, 모든 소프트웨어가 그러하듯 툴의 제약을 벗어날 수 없다. 그 툴 안에서 나올 수 있는 것만 반복될 뿐이다. 소프트웨어 산업은 베이식, C++, PHP, 자바처럼 새로운 프로그래밍 언어가 나타나면서 비약적으로 발전했다. 마찬가지로 음악을 만드는 프로그램을 새로 설계할 수 있다면 완전히 다른 차원의 음악을 만들 수 있을 것 같다.

철든 아이, 철없는 사회

하얗고 노랗게 불을 밝힌 고층 빌딩과 빨간 꼬리를 끌고 달리는
자동차의 행렬이 눈에 들어왔다.
전쟁의 폐허 속에서 반세기 만에 기적을 일으킨 나라가,
허무맹랑한 삼류 소설에나 등장할 법한 일에 휘말려 있다는 사실이
믿기지 않았다. 신뢰와 불신이 교차했다.

나는 연예인의 정치 참여에 별다른 입장을 가지고 있지 않다. 대의 민주주의를 채택한 나라에서 연예인 역시 유권자의 한 사람으로서 자신의 정견을 자유롭게 개진할 수 있다. 다만 상업적인 측면에서 위험 부담을 감수해야 한다. 대중의 관심과 사랑을 요하는 직업의 특성상 찬반이 첨예하게 갈리는 정치 문제와 연결되면 나와 입장이 다른 절반은 돌아서기 때문이다. 그러나 이런 계산마저 필요 없는 엄청난 사건이 2016년 가을에 벌어졌다. 지난해 국정 농단 사건은 찬반이 맞서거나 상대의 논리도 나름의 일리가 있는, 그런 단순한 사회 문제가 아니었다. 나도 목소리를 내지 않을 수 없었다.

1998년 가수로 데뷔하면서 한국 사회의 위선을 비판한 이후 20년 만이었다. 그사이에도 크고 작은 사회 문제가 있었지만 곡에 담지는 않았다. 정치적인 소재를 전부 음악으로 다룬다면 창작의 범위를 스스로 좁힐 수 있다고 생각했다. 사회 비판에 열심인 가수로만 소비되고 싶지 않았다. 그러나 이번에는 달랐다. 2016년 9월부터 국정 농단 의혹이 쏟아져 나왔다. 나는 태국에서 첫 보도를 접했다. 과거의 권력형 비리와는 완전히 다른 차원이었다. 일주일 뒤 한국에 들어오니 세상이 뒤집혀 있었다.

어디를 가든 모두 국정 농단 사태를 이야기했다. 심지어 초등학교 5학년인 첫째 아이까지 학교에서 친구들끼리 그 얘기를 한다고 했다. TV에 24시간 나오는 사건이니 어린아이라도 대강은 알아들었겠지 싶었는데, 대화를 해보니 사건 관계자들의 이름을 또박또박 읊으면서 누가 어떤 잘못을 했는지, 어떤 부분이 논란이 되고 있는지를 꿰고 있었다. 철든 아이에게 철없는 사회를 보여 줄 수밖에 없는 내가 부끄러웠다.

그날 밤 늦은 시간까지 잠자리에 들지 못했다. 불 꺼진 거실에서 서울의 야경을 바라보았다. 하얗고 노랗게 불을 밝힌 고층 빌딩과 빨간 꼬리를 끌고 달리는 자동차의 행렬이 눈에 들어왔다. 전쟁의 폐허 속에서 반세기 만에 기적을 일으킨 나라가, 허무맹랑한 삼류 소설에나 등장할 법한 일에 휘말려 있다는 사실이 믿기지 않았다. 신뢰와 불신이 교차했다. 이렇게까지 저력이 있는 나라가 내 조국인데, 둘 이상 모이면 하는 얘기라곤 음담패설과 음모론, 육두문자밖에 없는 근본 없는 나라로 전락하고 만 것이다.

그럼에도 불구하고 작은 믿음이 하나 있었다. 고도로 발전한 도시의 야경에 어울리지 않는 사건이, 역설적으로 우리의 저력을 증명하는 듯했다. 도무지 이해하기 어려운 사건이 벌어졌지만 우리가, 우리의 부모 세대가 일궈 놓은 것까지 부정할 수는 없었다. 여기서부터 다시 시작하면 된다. 분노 아래 감춰진 희망이 있었다. 그래서 촛불 열기에 동참하기로 했다.

대한민국이 이렇게 우스운 나라였나. 이토록 형편없는 나라였나. 부끄러운 나라였나. 이런 생각이 드니까 가사가 절로 나왔다. 연일 쏟아지는 새로운 의혹을 지켜보면서 계속 가사를 적어 내려갔다. 일상 형과 술을 마시면서 준비된 가사가 있다고 말했다. 관심이 있으면 트랙을 써달라고 했다. 2주 뒤 토요일 아침에 트랙이 왔다. 그날 바로 녹음에 들어갔다. 일요일에 믹싱 작업을 하고 월요일에 음원 무료 공유 사이트에 올렸다. 그 곡이 〈시대유감 2016〉이다.

그 뒤부터 촛불 공연을 다녔다. 공연장마다 특유의 열광적인 분위기가 있는데 촛불 공연은 그런 열기가 조금도 없었다. 굉장히 무거운 공기가 흘렀다. 분노를 간신히 누르고 있는 듯한 느낌이었다. 서울을 시작으로 울산, 아산, 부산, 제주, 천안을 다녀왔다. 내가 가진 작은 재능을 보탤 수 있어서 기쁘면서도 한없이 우울했던 공연이었다.

탄핵 이후

흔히 정치 지도자를 선장에 비유한다.
완전히 틀렸다.
지금은 승객 전원이 방향타를 움켜쥐고 있다.
자기 방향이 옳다며 소리치는 사람들로
조종실이 미어터질 지경이다.

탄핵 이후 6개월이 흘렀다. 아직 커다란 변화를 체감하기는 어렵지만 탄핵 이전과 이후 대한민국의 모습은 분명 다를 것이다. 과거에는 관행이라는 이름 아래 그러려니 했던 부분이 많았다. 공직 사회뿐만 아니라 민간 부문도 마찬가지였다. 작은 회사가 큰 회사에 물건을 납품하려면 일단 담당자를 만나서 야심한 시각까지 술 접대를, 주말에는 골프 접대를, 명절에는 성의를 보여야 한다. 이른바 한국식 비즈니스의 전형이다. '한국식'이라는 말로 포장했지만 그 이면에는 전근대적인 요소가 담겨 있다. 북미나 유럽도 바이어를 대접하는 문화가 있지만 한국과는 결이 사뭇 다르다. 외국 지사에 파견된 어느 한국인이 현지 파트너의 식사 초대를 받고는 내심 기대했는데, 배우자 동반 모임이어서 김이 샜다는 웃지 못할 얘기도 있다. 이런 악습이 다소 개선될 법하다. 전 국민에게 가해진 일종의 충격 요법 효과랄까.

정치에 대한 관심도 전에 없이 늘어날 것이다. 사실 나는 탄핵 전까지 우리 지역구 국회의원이 누군지도 몰랐다. 사회 참여에 적극적인 가수로 알려져 있지만 정치에 관심이 조금도 없었다. 2004년 노무현 대통령 탄핵 사태가 벌어졌을 때도 '이렇게까지 할 건 아닌데. 너무 정치적이다' 이런 정도로만 생각했지, 그 외에는 정치나 선거에 대해 아무것도 몰랐다. 부끄럽지만 선거철이 언제인지, 누가 출마하는지, 공약은 뭔지, 남의 일처럼 여겼다. 그런데 국정 농단 사건을 겪으면서 정치가 얼마나 중요한지 깨달았다. 요즘은 밀린 숙제를 하는 마음으로 뒤늦게 정치 서적을 뒤적이고 있다. 나와 비슷한 체험을 하고 있는 사람이 더러 있으리라 짐작한다. 한국인은 순식간에 확 달아오르는 기질을 지녔다. 끓는점을 넘어서면 모두 전문가가 된다. 그런 점에서 이번의 뼈아픈 사건이 헌법 정신을 되새기는 계기가 되었다고 스스로를 위로해 본다.

탄핵 이후인 2017년 5월 치러진 제19대 대통령 선거에서 문재인 후보가 당선되었다. 국민의 기대와 염원이 대단히 높다. 그러나 정부와 국회 앞에 놓인 정치 환경은 그 어느 때보다 험난해 보인다. 미국, 중국, 러시아, 일본, 북한과의 군사적, 외교적 문제를 말하는 것이 아니다. 정도의 차이는 있겠지만 사실 역대 정부 모두 외부에서 발생한 문제로 골머리를 썩었다. 열강에 둘러싸인 한국으로서는 피할 수 없는 운명이다. 내가 말하고자 하는 것은 내부의 문제다. 바로 정치다. 과거처럼 정치권이 정보를 틀어쥐고 대중을 선동해서 한 방향으로 움직이도록 만들기가 점점 어려워지고 있다. 민주주의의 성숙, 국민 의식의 향상, IT 기술의 발전으로 국민 의견을 통합하기가 불가능에 가까워졌다. 정치의 궁극적인 목적이 국민 통합이라면 지금 정치는 전례 없는 위기이자, 존재 이유를 증명할 기회를 맞고 있는 셈이다.

세상에 불변하는 것은 없다. 시간의 흐름에 따라 고유하다 여겼던 역할이 달라진다. 아이가 어릴 때는 부모가 아이를 먹이고 입히고 돌보지만 아이가 장성하면 친구가 된다. 그러다 부모가 늙고 병들면 아이가 부모를 돌본다. 사람의 일생도 그러한데 정치라고 다를까. 광복 이후의 정치와 21세기의 정치는 달라야 한다. 반세기 동안 시민은 탈바꿈에 성공했다. 고무신 선거와 막걸리 선거를 지나 돈 봉투 선거를 넘어 지역주의의 장벽마저 깨트렸다. 최근에는 대의 민주주의가 작동하는 방식인 투표만으로 모든 것이 해결될 수 없음을 깨달았다.

시민 사회의 적극적인 감시가 필요하다는 '파수꾼 민주주의'라는 용어마저 등장했다.

그러나 정치는 아직 70년 전 그대로다. 국민을 가르치고 선도하는 리더십이 아니라 다양한 의견을 듣고 조율하는 리더십이 필요하다. 흔히 정치 지도자를 선장에 비유한다. 완전히 틀렸다. 지금은 승객 전원이 방향타를 움켜쥐고 있다. 자기 방향이 옳다며 소리치는 사람들로 조종실이 미어터질 지경이다. 이제 정치인은 상호 이해를 조정하는 퍼실리테이터(facilitator · 지시하는 사람이 아닌 조력자)로 역할을 변경해야 한다. 카리스마 있는 선장보다는 유연한 사회자, MC가 되어야 한다. 그래야 방향타가 부서지지 않고 배가 똑바로 나아갈 수 있다.

7장

일상이 예술이 되는 순간

성공이란 무엇인가

어쩌다 한 번 가요 순위에서 1위를 했다고 해서
말년에 이르러 성공한 삶이었다고 말하기는 어렵다.
노년이 되어도 프랭크 시나트라처럼 멋들어지게
〈마이 웨이〉를 부를 수 있는 정도가 되어야 한다.

성공의 사전적 정의는 '목적하는 바를 이룸'이다. 목적하는 바는 인생의 단계마다 다르다. 따라서 성공은 한 가지 형태를 띠지 않는다. 사춘기 때는 첫사랑의 마음을 얻는 것이, 수험생에겐 원하는 대학에 입학하는 것이 성공일 수 있다. 한편 사회적으로 통용되는 성공의 정의는 입신양명이다. 출세해서 이름을 알리는 조건은 간단하다. 돈이나 명예를 얻으면 된다.

성공을 정의하는 전자의 방식은 주관적 판단이 작용하므로 사회적 성공에 한정해 논의를 이어 가자면, 많은 사람이 성공을 자격 취득의 일종으로 생각하는 경향이 있다. 자동차 운전면허나 신춘문예 당선처럼, '한번 해병은 영원한 해병'이라는 구호처럼 한번 자격을 얻으면 되는 것으로 여긴다. 그러나 성공의 관건은 지속이다. 윈스턴 처칠도 이런 말을 했다.

"모든 이들에게 전성기가 있지만 어떤 이들은 다른 이들보다 더 길다."

거의 모든 직업인에게 해당하는 말이지만, 특히 가수에게 들어맞는다. 어쩌다 한 번 가요 순위에서 1위를 했다고 해서 말년에 이르러 성공한 삶이었다고 말하기는 어렵다. 노년이 되어도 프랭크 시나트라처럼 멋들어지게 〈마이 웨이(My way)〉를 부를 수 있는 정도가 되어야 한다. 좀 더 욕심을 낸다면 후세에도 회자되어야 비로소 성공했다고 말할 수 있다.

이처럼 까다로운 조건이 가수의 성공 잣대라면 성공한 가수는 손에 꼽을 정도다. 내가 데뷔할 때 활동하던 선배, 동료 가수 중에서 아직까지 현역에 있는 사람이 얼마 없다. 열에 아홉은 소식조차 들리지 않는다. 어쩌다 살아남았다 해도 방송인으로 전향했다. 2~3년 간격으로 새로운 앨범이나 신곡을 발표하면서 20년 이상 존재감을 드러내는 가수는 매우 드물다.

인간사 새옹지마라지만 연예계는 유독 부침이 심하다. 차라리 재력이 성공의 잣대라면 자산 규모를 대입해 특정 금액 이상이면 성공, 이하면 실패라 규정하겠지만, 인기나 업적을 기준으로 삼는다면 무덤에 들어가는 순간에야 판단할 수 있다. 잠깐 인기를 얻었다가도 3~4년이 지나면 대중에게 잊히기 때문에 시기별로 단계별로 허들을 쉼 없이 넘어야 한다.

음악 비즈니스는 5년 단위로 시장이 바뀐다. 통상적으로 소속 가수의 계약이 5년 단위라서 그렇다. 잘나가던 가수도 소속사를 바꾼 뒤 힘을 못 받는 경우가 많다. 아무리 웃으며 헤어져도 원 소속사에 있을 때보다 주목도가 떨어진다. 갖은 유혹을 뿌리치고 같은 회사와 계약을 거듭해서 성공을 이어 가는 건 현재 빅뱅 정도밖에 없다. 끊임없이 자신을 증명해 나가는 과정. 이것이 내게는 가장 현실적인 성공의 정의다.

같은 엔터테인먼트 업계지만 연기 쪽에선 꾸준히 활동하는 원로가 많다. 배우는 나이가 들어도 그에 맞는 배역이 있고, 대우도 나쁘지 않다. 한류 스타는 예외겠지만 어느 정도 인기 있는 신인보다 노배우의 회당 출연료가 높다. 방송국의 급여 체계가 있기 때문이다. 그러나 가수는 그렇지 않다. 앨범을 발표할 때마다 쟁쟁한 후배들과 경쟁해야 한다. 원로 가수라는 역할이 따로 있으면 좋으련만 그렇지도 않다. 소속사도 난감하긴 마찬가지다. 연차가 높은 가수는, 게다가 한때 스타였던 가수는 지방 소도시의 작은 행사에 보내기도 힘들다. 그래서 많은 제작자가 왕년의 인기 가수를 데리고 이러지도 저러지도 못하면서 속 썩느니, 어리고 말 잘 듣는 애들을 발탁해서 시스템 안에 넣고 굴리려고 한다.

우리는 모두 죽음이라는 목적지를 향해 가고 있다. 언젠가 마침표를 찍는 순간이 온다. 그때까지 잘 버텨야 잘하는 것이다. 눈감기 10년 전까진 잘살았는데, 노후가 비참한 사람들이 이 바닥에는 엄청 많다. 가요계에 한 획을 그었지만 도박장에서 생을 마감한 선배도 있고, 일찍부터 천재성을 알렸지만 사업에 연달아 실패해 도망자 신세가 된 선배도 있다. 어려운 모습을 많이 봐서일까. 크게 성공한 연예인이나 연예인 출신 사업가를 봐도 부럽지가 않다. 한번 삐끗하면 낭떠러지로 떨어지는 분야이기 때문이다. 하긴 따지고 보면 어디 연예계만 그럴까.

밴드 같은 인생

사람마다 지문이 다르듯
같은 악기라도 누가 연주하느냐에 따라
사운드가 달라진다.
밴드의 아이덴티티가 담겨 있는,
그들의 합주를 사랑하는 것이다.

행복은 무엇 때문이 아니라 누구 덕분에 생기는 감정이다. 가슴 벅찼던 순간을 떠올려 보면 내 옆엔 항상 사랑하는 사람이 있다. 가족과 함께 서해 바다를 구경하고 연안부두에서 회를 먹었던 일, 한강 공원에 돗자리를 깔고 누워 아이들과 함께 지는 해를 바라본 일. 대수롭지 않은 일상이지만 사랑하는 이들과 함께였기에 행복했다 말할 수 있다.

인생은 밴드와 닮았다. 제아무리 고집스러운 사람도 집에선 가족들, 사회에선 친구들, 직장에선 팀원들과 부대끼며 살아간다. 높은 음을 내는 이도 있고, 낮은 음을 내는 이도 있고, 때 맞춰 박자를 타는 이도 있다. 저마다의 개성이 한자리에 모여 화음을 이룬다. 나는 밴드에서 인생의 축소판을 발견한다.

1976년 그룹 이글스는 불후의 명곡 〈호텔 캘리포니아(Hotel California)〉를 발표한다. 그 곡은 그룹 멤버인 돈 펠더, 돈 헨리, 글렌 프레이, 세 명의 협업으로 만들어졌다. 시작은 기타리스트 돈 펠더였다. 그는 LA 말리부 해변에 위치한 집에서 기타를 치다가 도입부를 떠올렸다. 카세트테이프에 전주를 담아 헨리와 프레이에게 보냈다. 둘은 전주를 듣고는 단번에 걸작이 나오리라 예감했다. 둘은 화음에 맞춰 가사를 적어 내려갔다. 곡명은 헨리의 작품이었다. 작업을 마치고 다 같이 모인 자리에서 모두 한창 들떠 있을 때 프로듀서가 녹음 버튼을 눌렀다. 〈호텔 캘리포니아〉의 탄생이었다.

밴드라는 작은 사회의 잠재력은 한 사람의 천재성을 뛰어넘지만, 여럿이 함께 작업하다 보니 의견 충돌을 피하기가 어렵다. 성공한 밴드는 협업에 능하고, 실패했거나 해체된 밴드는 단독 플레이에 능하다. 1987년 데뷔한 세계적인 밴드 건즈 앤 로지즈는 아직 현역에서 활동하고 있다. 그러나 2016년 재결성되기 전까지 23년 동안 수없이 많은 멤버들이 들락거렸다. 팀의 리더였던 액슬 로즈가 전권을 휘두르면서 멤버들끼리 사사건건 충돌했다. 나는 드러머였던 스티븐 애들러의 팬이었다. 그는 마약을 했다는 이유로 방출되었는데, 사실 핑계에 불과했다. 다른 멤버들도 전부 마약을 하고 있었다. 차이라면 그가 리더의 미움을 받고 있었던 것뿐이다. 이후 다른 멤버들도 액슬 로즈와 음악적 견해가 다르거나 성격 차이로 인한 불화로 하나둘씩 밴드를 떠났다.

결국 건즈 앤 로지즈는 액슬 로즈를 제외한 모든 멤버가 교체되었다. 아무리 실력 있는 아티스트를 영입해도 초창기 때의 사운드를 느끼기는 어렵다. 밴드의 팬들은 기타와 베이스, 드럼을 단순한 세션으로 여기지 않는다. 사람마다 지문이 다르듯 같은 악기라도 누가 연주하느냐에 따라 사운드가 달라진다. 밴드의 아이덴티티가 담겨 있는, 그들의 합주를 사랑하는 것이다.

유년 시절의 밴드

사실 음악이 아니면 그 친구들이 저랑 어울릴 이유가 없었어요.
다들 백인이었는데 음악 덕분에 친구가 됐어요.
일단 주말마다 그 집에 가서 연습하고 같이 자잖아요.
부모님들과도 관계를 맺게 되죠.

편집부　밴드 활동의 장점이 뭘까요?

조중훈　밴드의 묘미는 당연히 합주죠. 그 재미를 느끼려고 많은 직장인들이 시간과 돈을 들여 직장인 밴드를 하잖아요. 음악도 일종의 스포츠예요. 축구에서 선수들끼리 패스하면서 골을 넣는 것처럼, 연주도 서로 주고받는 호흡이란 것이 있어요. 어떤 플레이를 할 것인지가 즉흥적으로 나오는데, 그게 맞아떨어질 때 엄청난 희열을 느끼죠.

편집부　맞아떨어진다는 게 어떤 뜻입니까?

조중훈　말로 설명하긴 굉장히 어려워요. 누가 기타를 치고 있을 때 적당한 타이밍에 맞춰서 드럼이 들어왔다가 빠져 주고, 베이스 차례가 되어 베이스가 독주를 하고. 이런 것들을 눈빛으로 주고받는 교감이 있어요. 흘러가는 박자를 놓치지 않고 타이밍에 맞춰서 들어갔다 나왔다 하는 것들을 호흡이라고 해요. 너덧 명이 모여서 한 몸처럼 똑같이, 동질감을 갖고 호흡한다는 게 정말 희열이거든요. 이건 해봐야 알 수 있어요.

편집부　그럼, 반대로 밴드의 단점은 뭐죠?

조중훈　밴드의 묘미는 합주, 호흡인데, 그게 삐걱대면 힘들죠.

밴드에는 반드시 리더가 있어요. 리더가 카리스마적으로 팀을 이끌다 보면 멤버들의 불만이 나올 수 있죠. 리더가 한 명이란 법은 없어요. 비틀즈의 폴 매카트니와 존 레논처럼 쌍두마차도 있어요. 리더 둘이 호흡을 잘 맞춰서 1절은 누가 쓰고 브릿지는 누가 쓰고, 이렇게 조율이 잘되면 좋지만 '내가 다 할 거야', '네가 한 건 별로야' 이런 식으로 가면 팀이 와해되죠. 국내외 많은 밴드가 오래가지 못하는 이유는 그게 가장 커요. 서로 주장을 굽히지 않으면 팀이 깨지는 거죠.

편집부 궁합이 좋은 밴드는 어떤 면이 특별한가요?

조중훈 아쉽지만 궁합이 좋은 밴드는 없어요. 메탈리카를 조명한 〈썸 카인드 오브 몬스터(Some Kind of Monster)〉라는 다큐멘터리가 있는데, 팀 내 불화가 심해서 심리 치료를 받는 내용이 나와요. 정신과 의사가 밴드를 따라다니면서 상담을 해줄 정도로 사이가 좋지 않은 거죠. 말하다 보니 암울한 얘기만 했지만, 그렇게까지 하면서 밴드를 계속하려는 건 역시 최고의 음악이 그 멤버에서 나온다는 걸 서로 알기 때문이죠. 잃는 것도 있지만 그만큼 얻는 것도 있는 게 밴드인 것 같아요.

편집부 밴드에서 다수가 선호하는 악기가 있나요? 친구들끼리 축구 시합을 할 때는 전부 공격수만 맡으려고 하는 것처럼 말입니다.

조중훈 그거랑은 좀 달라요. 원래 자기가 갖고 있는 포지션에 자부심을 느끼는 경우가 많아요. 메인 포지션에서 밀려서 다른 악기를 하는 경우도 없지는 않겠지만, 처음부터 그 악기를 좋아해서 택한 경우가 대부분이죠. 내게는 베이스의 영웅이 있어, 그 사람처럼 되고 싶어서 베이스를 잡았어, 이런 식이에요. 기타가 안 되니까 베이스나 쳐야지, 이러지는 않아요.

편집부 그래도 선호도는 있을 것 같은데요.

조중훈 아무래도 접하기 쉬운 악기는 연주하는 사람이 많죠. 그래서 기타는 연주자가 많아요. 피아노도 드물지 않고요. 다만 드러머는 되게 귀해요. 하고 싶다고 아무나 할 수 없어요. 왜냐면 드럼 세트가 있어야 하니까. 드럼이 비싸거든요. (웃음) 그래서 제가 미국에서 밴드를 할 때 한꺼번에 두 군데서 할 수 있었어요. 기타랑 베이스 치는 애는 많은데 드러머는 없으니까 저한테 부탁을 한 거죠.

편집부 그 비싼 드럼을 어떻게 처음 접하셨어요?

조중훈 중학교 2학년 때 부산에서 서울로 전학을 갔어요. 반장 생일 파티에 초대돼서 그 집에 갔더니, 생일 선물을 한다면서 돈을 걷더라고요. 돈을 모아서 드럼을 산 다음에 밴드를 만들자는 거예요. 반장네 아버지가 작곡가라서 기타랑 키보드는 이미 있었어요. 자연스럽게 그 밴드에 들어가게 되었죠. 걔네들이랑 어울리면서 그 밴드에서 노래도 하고 드럼도 쳤어요. 그러다 미국에 갔는데 이미 밴드의 재미를 알아 버렸으니 미국에서도 밴드를 한 거죠.

편집부 미국에선 어떻게 밴드에 들어가셨어요?

조중훈 9학년 때, 그러니까 우리나라로 치면 중학교 3학년 때였어요. 제가 기숙학교를 다녔는데, 어느 토요일에 학교에서 댄스파티를 열었어요. 디제이를 초청해서 음악을 틀어 놓고 춤을 추는 파티였는데, 무대 위에 드럼이 있었어요. 칠까 말까 한참 망설이다가 결국 쳤어요. 몇 곡 연주하고 내려왔어요. 그 모습을 본 미국 친구들이 밴드 가입을 제안했죠. 두 개가 들어와서 둘 다 했어요. 하나는 저보다 어린 애들이었어요. 걔네는 기숙사 애들은 아니고 집에서 통학했는데, 주말이면 걔네 아버지가 와서 저를 픽업했어요. 그 집에 가서 주말 내내 연주하고 놀다가 일요일 밤에 다시 기숙사로 왔어요.

편집부 그 밴드는 몇 명이었죠?

조중훈 저까지 셋이었어요. 제가 한국에 있을 때는 록 장르에서 헤비메탈이 주류였어요. 메탈리카, 메가데스, 아이언 메이든 같은 밴드가 인기였죠. 그러다 미국에 갔는데 악기가 많이 필요 없는 얼터너티브 록이 유행을 끌기 시작했어요. 얼터너티브 록의 전설인 너바나도 세 명이었어요. 드럼, 베이스, 기타가 다예요. 자연스럽게 그쪽으로 넘어갔죠.

편집부 밴드 이름이 뭐였습니까?

조중훈 이름도 없었어요. 집에서만 했으니까요. 그야말로 거라지 밴드죠.

편집부 이 밴드는 얼마나 유지됐나요? 사춘기 때라 많이 다퉜을 것 같은데.

조중훈 제가 그 학교에 다녔던 2년 동안 지속됐어요. 보통은 밴드 멤버끼리 자주 싸우지만 저희는 싸울 만큼 밴드가 오래

가진 못했어요. 더구나 제가 미국에 막 도착했을 때라 영어도 잘 못할 때였어요.

편집부 밴드 활동이 미국 생활에 적응하는 데 많은 도움이 되었겠네요.

조중훈 그렇죠. 사실 음악이 아니면 그 친구들이 저랑 어울릴 이유가 없었어요. 다들 백인이었는데 음악 덕분에 친구가 됐어요. 미국 기숙학교의 한국인은 한국인끼리 어울리는 경향이 많아요. 사교적인 애들은 일본이나 동남아 친구들과도 놀지만, 백인하고는 거의 어울리지 않아요. 인사 정도는 해도 그 이상으로 가까워지기 힘들죠. 그런데 저는 음악이란 매개체가 있어서 훨씬 수월했어요. 일단 주말마다 그 집에 가서 연습하고 같이 자잖아요. 부모님들과도 관계를 맺게 되죠.

편집부 그때 만든 곡도 있나요?

조중훈 데모 테이프를 만든 기억이 나요. 아마 제 첫 작곡이었을 거예요. 소니 MD플레이어에 데모를 녹음했다가 나중에 가사를 올려서 완성한 거라 그 친구들은 완성곡을 듣지는 못했어요.

편집부 또 다른 밴드는 어땠습니까?

조중훈 그 밴드 멤버들은 저보다 나이도 많고 덩치도 컸어요.
11학년들이었어요. 그 친구들도 통학을 했는데, 술집에서 형
들과 어울리고 담배도 피는 그런 애들이었죠. 평일 방과 후에
미술실 뒤에 있는 공간에서 합주를 했어요.

편집부 밴드 활동을 하면서 깨달은 점이 있다면 뭐죠?

조중훈 너무 당연한 얘기지만 밴드는 혼자 못 한다는 거예요.
그 포지션에 누군가 반드시 필요해요. 누군가에게 내가 꼭 필
요한 존재가 되거나, 내가 누군가를 꼭 필요로 하는 경험을 할
수 있어요. 미국 사회에서 저는 소수인 동양인에다 영어도 못
했지만 그 친구들은 저하고 동고동락할 수밖에 없었죠. 밴드
는 작은 사회니까요. 아무리 뛰어난 사람이라도 혼자서는 절
대 할 수 없죠. 사실 전 드럼 덕을 보긴 했지만요. (웃음)

편집부 오래가는 밴드는 뭐가 다를까요?

조중훈 유년 시절의 밴드는 취미 생활에 가까우니까 논외로
하고, 전문적인 밴드로 한정해서 답할게요. 감정적으로 팍팍
하게 들리겠지만, 사실 밴드를 유지하거나 재결합하게 만드
는 가장 큰 요인은 돈이에요. 그 조합을 강렬하게 원하는 팬

덤이 있다면 어떻게든 유지되죠. 그 밖의 요인이라면 성격적인 면도 작용할 거예요. 리드하는 사람과 양보하는 사람이 적절한 비율로 구성되었을 때 롱런해요. 그렇지 않으면 아무리 훌륭한 밴드라도 뿔뿔이 흩어져요. 그렇다고 밸런스만 가지고 밴드를 구성할 순 또 없고. 그게 밴드의 딜레마죠. 인생하고 비슷하죠? (웃음)

오늘이 어제를 만든다

많은 사람이 오늘을 알차게 보내야
미래가 밝다고 생각하지만,
나는 오히려 과거가 좋아진다고 믿는다.
오늘을 열심히 살아서 좋은 성과를 낸다면
과거 내가 내린 선택이
옳은 결정으로 판명되는 셈이다.

사람마다 정신이 머무는 시간대가 다르다. 타고난 성격이나 주위 환경의 영향을 받기도 하고, 연령대에 따라 달라지기도 한다. 대개 젊었을 때는 앞날을 부풀리느라 시간을 보내고, 나이가 들면 지난날을 미화하느라 시간을 보낸다. 무엇이 올바른 삶의 자세인지 알 수 없으나 나는 철저히 지금 이 순간에 집중한다. 어제는 지나갔고 내일은 오지 않았기 때문이다. 물론 과거의 실수를 반성하고 미래의 좌표를 염두에 두지만 그 이상은 아니다.

많은 사람이 오늘을 알차게 보내야 미래가 밝다고 생각하지만, 나는 오히려 과거가 좋아진다고 믿는다. 오늘을 열심히 살아서 좋은 성과를 낸다면 과거 내가 내린 선택이 옳은 결정으로 판명되는 셈이다. 바둑에서 초반에는 악수(惡手)로 보이다가 절묘한 한 수 덕분에 과거의 패착이 묘수로 돌변하는 것과 비슷하다. 간단히 말해, 오늘이 어제를 만든다.

이런 이유로 내 삶의 모토는 오늘 하루를 100퍼센트로 사는 것이다. 다시 말하면 수면 시간을 제외한 하루 18시간을 온전히 살아내는 것, 지금 내 앞에 있는 사람에게 집중하는 것,

10분을 가볍게 여기지 않는 것이다. 워낙 근심 없이 사는 터라 삶의 만족도가 높은 편이지만 단점도 있다. 아내 말에 따르면 나는 시간에 대한 강박관념이 심하다. 나는 이동 시간을 분 단위로 따져서 스케줄을 정리하는데, 그런 것까지 일일이 신경 쓰면서 어떻게 사느냐고 한다.

나는 긴박한 상황이 생겨서 갑자기 거기에 매진해야 하는 경우를 제외하고는 일의 우선순위가 따로 없다. 단순하게 먼저 잡은 일정을 제일 중요하게 여긴다. 가까운 후배와 만나서 술을 한잔하기로 했다면 중요한 비즈니스 기회가 갑자기 생겨도 선약을 지킨다. 서로 어렵게 시간을 냈기에 이번에 취소하면 언제 다시 보게 될지 모른다. 그래서 가능하면 약속은 지키려고 한다.

회사를 운영할 때는 출근 시간보다 한 시간 일찍 갔다. 회사 대표였기 때문에 솔선수범하기 위해 그러기도 했지만, 사실 그렇게 해야 마음도 편하고 차도 덜 막힌다. 약속 시간에 부득이하게 늦을 때는 가능한 한 일찍 상대에게 연락을 한다. 내가 도착하는 정확한 시간을 알려 줘야 그 사람도 자투리 시간을 활용할 수 있다.

약속 시간에 늦을 것 같으면 어떤 이유로 어느 정도 늦겠다고 연락을 하는 것이 일반적이다. 대개는 상대방에게 '미안해서' 연락을 한다. 그런데 내가 알고 있는 사회적으로 성공한 사람들은 — 약속 시간에 늦지도 않지만 — 양해를 구하는 이유가 딴판이다. 미안한 마음도 당연히 있지만, 그보다는 늦어지는 시간만큼 상대가 시간을 효율적으로 사용할 수 있도록 배려하는 차원이 더 크다. 본인 스스로 시간을 10분 단위로 쪼개 쓰니까, 다른 사람의 시간도 그만큼 소중히 여기는 것이다.

10분의 가치는 얼마일까. 한두 번 만나면 바로 형 동생 사이가 되는 인정 많은 한국 사람에게 그깟 10분의 기다림은 대수로운 일이 아닐지 모른다. 그러나 인기 가수가 대학 축제에 가서 두어 곡을 부르고 받는 돈이 수천만 원이라는 사실을 상기한다면 결코 하찮은 시간이 아니다. 10분 동안 상대는 기획안을 몇 장 더 검토할 수 있고, 중요한 전화나 미팅을 처리할 수도 있다.

이번에 책을 준비하면서 여러 작법 서적을 읽었다. 그중 스티븐 킹의 《유혹하는 글쓰기》를 보고 깨닫는 바가 많았다. 글쓰기에 대한 기술적인 조언보다는 마음가짐을 배울 수 있었는데, 너무 당연한 진리를 다시금 깨달았다. 그 책에서 그는 이렇게 말한다.

"작가가 되고 싶다면 두 가지 일을 반드시 해야 한다. 많이 읽고 많이 쓰는 것이다. 이 두 가지를 피해 갈 수 있는 방법은 없다. 지름길도 없다."

저 문장에서 '작가', '읽고', '쓰는'이란 말을 각자의 상황에 맞게 바꿔도 좋겠다. 가수가 되고 싶다면 많이 듣고 많이 부르는 수밖에 없다. 야구 선수가 되고 싶다면 많이 달리고 많이 휘두르는 수밖에 없다. 모든 일이 마찬가지다. 지름길은 없다. 10분이 모여 오늘을 만들고, 오늘이 어제를 만든다.

점을 잇는 마음

나는 매 순간을 하나의 점을 찍는 과정이라 생각한다.
내게 주어진 오늘의 점을 충실히 찍고,
그 점들을 이어 가다 보면
어느새 나에게 기회가 찾아올지 모른다.
이런 마음가짐으로 하루를 보내면
하찮은 경험이란 있을 수 없다.

최근 들어 나는 삶의 질을 생각하는 날이 많았다. 나고 자라 병들고 죽는 인간의 숙명을 모르지 않지만 작고하신 사장어른(탤런트 故 김영애)을 보면서 그런 생각에 자주 잠겼다.

2001년 사장어른은 황토 미용 업체를 설립해 연매출이 수백 억 원이 넘는 회사로 키웠다. 그런데 2007년 소비자 고발 프로그램에서 화장품에 중금속이 검출됐다고 보도하면서 매출이 폭락했고 결국 부도를 맞았다. 뒤늦게 법원은 당시 보도가 허위라고 판결했다. 그때는 이미 사장어른이 사업을 접은 뒤였다. 마음고생이 극심했던 사장어른은 사업 실패 후 췌장암 판정을 받았다. 외아들에다 친척이 별로 없는 집안이라 내 동생이 마지막 순간까지 병 수발을 들었다.

2017년 4월 사장어른이 세상을 떠난 뒤 생애 마지막 인터뷰가 공개되었다. 당신께서는 세상을 뜨기 전에 정리를 하고 가야겠다는 생각이 들었다면서, 기자에게 당신이 떠나고 나거든 인터뷰를 내보내 달라고 당부하셨다. 허위 사실을 보도한 피디가 밉지 않느냐는 기자의 물음에 사장어른은 이렇게 답하셨다.

"용서는 내가 할 수 있는 게 아니에요. 그리 따지면 나도 살면서 정말 부끄러운 일 많이 했어요. 누구를 뭐라고 하거나 미워할 처지가 아니라는 것을 깨달았어요. 지금은 어떤 미운 사람도 가슴에 남아 있지 않습니다. 누굴 원망하는 건 결국 나를 괴롭히는 건데 그 시기를 그냥 나를 위해서 사는 게 낫지 않나 싶어요."

그리고 이런 말을 덧붙이셨다.

"죽음을 앞두고 아까운 건 없어요. 그런데 연기는 좀 아깝긴 해요. 이만한 배우를 키워 내려면 40~50년은 걸리는 거니까. 그것 말고는 미련도, 아까운 것도 없어요."

사장어른은 췌장암으로 투병하는 중에도 진통제를 맞아 가면서 촬영장을 지켰다. 당신은 반세기 가까이 한결같은 나날을 보내셨다. 모든 것이 낯설었던 신인 시절에도, 밥을 먹고 잠을 자듯 촬영이 일상이 된 원숙기에도 변함없는 삶의 자세였다. 예술가로서 정말 훌륭한 삶이었다. 나 역시 오랜 기간에 걸쳐 단련되는 그런 삶을 살아야겠다는 생각을 했다.

나는 좋은 순간이든 나쁜 순간이든 지금 이 순간을 사랑한다. 과거로 돌아갈 수도 없지만 돌아갈 수 있다 해도 마땅한 순간이 쉬이 떠오르지 않는다. 어떤 선택을 하든 밝은 부분과 어두운 부분이 공존한다. 한창 인기가 있었던 데뷔 초기로 돌아간다면 좀 더 왕성히 활동할 것 같지만, 막상 가라고 하면 가고 싶지 않을 것이다. 아무리 좋은 기억이라 해도 똑같은 경험은 하고 싶지 않다.

나는 길의 끝을 생각하며 걷지 않는다. 죽기 전까지 뭔가 이뤄야지 하는 목적으로 살지 않는다. 그럼에도 오늘 뭔가를 배우고 익히는 까닭은 언젠가 내게 기회가 왔을 때 준비되어 있기 위해서다. 남은 삶에서 몇 번의 기회가 더 찾아올지 지금 나는 알 수 없다. 어쩌면 아예 오지 않을지도 모른다. 그러나 준비가 되어 있어야 기회를 놓쳐도 그것이 기회였다는 것을 알 수 있다.

나는 지나간 길을 돌아보지 않는다. 세속에서 만나는 사람들은 이미 성취한 일을 높이 평가한다. 대개는 물질적인 재화나 표면적인 자격 증명에 그친다. 무슨 차를 타고 다녔다, 몇 평짜리에 아파트에서 살았다, 어느 학교를 나왔다, 이런 것에 연연한다. 어제의 행위로 만들어진 결과에만 기대어 오늘은 꼼짝도 하지 않는다. 과거를 사는 삶이다. 문장 자체가 형용 모순이다.

거창한 삶의 목표가 없어도 우리는 거창한 삶을 살 수 있다. 생을 마치기 전에 뭔가를 이루겠다는 목적도 숭고하지만, 이번 주에는 어떤 일을 해야지, 오늘은 어떤 일을 해야지, 다짐하고 실천하는 것도 충분히 훌륭하다. 나는 매 순간을 하나의 점을 찍는 과정이라 생각한다. 내게 주어진 오늘의 점을 충실히 찍고, 그 점들을 이어 가다 보면 어느새 나에게 기회가 찾아올지 모른다. 이런 마음가짐으로 하루를 보내면 하찮은 경험이란 있을 수 없다.

매 순간 점을 찍는 일, 오랜 세월에 걸쳐 점을 선으로 잇는 일. 그것이 인생이다. 나는 그렇게 살아왔고 그렇게 살아갈 것이다.

The moments

거창한 삶의 목표가 없어도 우리는 거창한 삶을 살 수 있다.
생을 마치기 전에 뭔가를 이루겠다는 목적도 숭고하지만,
이번 주에는 어떤 일을 해야지, 오늘은 어떤 일을 해야지,
다짐하고 실천하는 것도 충분히 훌륭하다.

아 빠ㅏ 사
라ㅅ
뽀ㄹ 히ㅏㅣ요
ㄹ 리 오요